KEIRA MONTCLAIR

ANMERKUNG DER AUTORIN

Wie Sie oft bei historisch fiktiven Romanen feststellen werden, nehmen sich die Autoren die künstlerische Freiheit heraus, einige Fakten zu verändern, um sie ihren Bedürfnissen anzupassen. Während einige der Ereignisse in dieser Erzählung auf wahren Begebenheiten beruhen, ist der Zeitrahmen angepasst worden, damit er mit meiner Geschichte harmoniert.

PROLOG

Himmel

GRAEME ATMETE DIE salzige Meeresluft ein und ein strahlendes Lächeln überzog sein Gesicht. Wie er den Strand liebte. Das war seine Lieblingsstelle auf der ganzen Welt.

Aber er vermisste etwas ... oder eher jemanden. Wo war Catherine? Obwohl sie nach ihrem letzten Leben, das sie auf Erden verbracht hatten, wiedervereint gewesen waren, hatten sie sich für kurze Zeit getrennt, um ihre Familien zu besuchen. Sie wussten beide, dass es ihre letzte Gelegenheit war, die sie für einige Zeit erhalten würden. Ihre nächste Herausforderung stand beinahe bevor. Sie hatten zugestimmt, sich zu treffen, sobald sie den Ruf vernahmen. Catherine hatte ihm gesagt, sie würde zu ihm kommen. Hier war dazu nur ein Gedanke nötig.

Aber die Zeit war gekommen – er verspürte einen merkwürdigen Drang – und Catherine war noch nicht wieder zurück.

Endlich sah er sie. Weit in der Ferne rannte eine schöne junge Frau über das Wasser auf ihn zu und lachte, während die zurückweichenden Wellen ihre Füße umspielten. Ihr Haar tanzte in langen roten Locken über ihre Schultern und bewegte sich im Rhythmus des Windes. Er stand ganz still und ergötzte sich an der Schönheit seiner Seelenverwandten, ihrer unbeschwerten Art und ihrem Gelächter.

Als sie beinahe bei ihm angekommen war, öffnete er die Arme und sie warf sich an ihn. Er drückte sie an sich und küsste sie innig. »Ich habe dich vermisst.«

»Und ich habe dich vermisst. Es ist schwer zu glauben, dass es bereits Zeit für eine neue Mission ist. Ein neues Leben.«

Er blickte über ihre Schulter und war überrascht, dort jemanden zu sehen, den er nicht kannte und der von dem felsigen Gebiet hinter dem Strand auf sie zukam. Er hatte Evangeline erwartet. Das war der Engel, mit dem sie in der Vergangenheit zu tun gehabt hatten. Der Engel winkte und kam zu ihnen. »Hallo. Evangeline wird dieses Mal nicht für euch da sein, aber dafür bin ich als euer Leitengel hier. Mein Name ist Tessa.« Mit ihren langen, schwarzen Haaren und den dunklen haselnussbraunen Augen sah sie atemberaubend aus. Sie strahlte eine Aura von Frieden und Ruhe aus. Sie *fühlte* sich wie ein Engel. Der farbenfreudige Rock und das blaugrüne Oberteil passten zu der tropischen Umgebung.

»Sei gegrüßt, Tessa. Es ist sehr schön, dich kennenzulernen«, rief Catherine, in der Hoffnung über das Rauschen der Wellen des Ozeans gehört zu werden. »Es ist eine wunderschöne Gegend. Hast du sie ausgewählt?«

»Nein, das war Graemes Wahl … oder sein Paradies, wie ich es nennen würde. So wie deine Version des Paradieses mit Edelsteinen geschmückt ist. Ich habe von Evangeline alles erfahren.«

»Ja«, meinte er und gab ihr einen weiteren raschen Kuss. »Nur du und ich, der Sand, die Sonne und die Wärme.«

»Entzückend«, flüsterte sie auf eine Weise, dass nur er ihre Worte hören konnte. »Und es ist so richtig für uns.«

»Wohin geht es als Nächstes? Ich nehme an, das ist der Grund, warum du hier bist.« Graeme zog Catherine an seine Seite und dann führte er sie zu einer schattigen Stelle inmitten der Bäume. »Es ist leichter, hier zu sprechen.« Tessa gesellte sich zu ihnen. Wie durch ein Wunder tauchten drei Stühle und auch ein Teller mit frischen Früchten, und großen Gläsern mit geeistem Tee auf.

»Im Rahmen eures Ersuchens, zu Leitengeln erhoben zu werden, ist euch bekannt, dass ihr zur Erde zurückkehren und unter den Menschen leben müsst. Eure eigenen Schutzengel werden dort sein und euch helfen, einander zu finden, und sobald ihr zusammengekommen seid, müsst ihr zusammenbleiben. Euer Ziel ist es, den Frieden unter den Menschen um euch zu fördern, um dem menschlichen Leid möglichst ein Ende zu machen, und natürlich Gutes zu tun, wo immer ihr könnt. Dies ist euer zweiter Test. Morgen werdet ihr in euere neuen Leben geboren werden, also genießt die Sonne und den Sand!«

Tessa wandte sich zum Gehen, aber Catherine hielt sie auf. »Ich habe einige Fragen, bitte?«

Lächelnd nickte Tessa ihr zu und streckte die Hand aus, als Zeichen, dass sie ihre Fragen annehmen würde.

»Wir werden einander nicht als Seelenverwandte erkennen?«

»Nein, es wird genauso sein wie vorher. Ihr werdet eine instinktive Reaktion aufeinander haben. Etwas wird eure Aufmerksamkeit bei eurer ersten Begegnung wecken, aber ihr werdet nicht verstehen, warum. Eure Andenken werden euch auch zueinander hinziehen – deine Halskette, Catherine, und Graemes Stein von seinem Vater.«

»Und wir werden die gleichen Namen haben?«

»Vielleicht, aber möglicherweise nicht.«

»Was passiert, wenn wir nicht auf unsere Leitengel hören?«, fragte Graeme. »Oder die Andenken?«

»Im Laufe eurer Leben werdet ihr mehrere Möglichkeiten haben, euch zu treffen. Die meisten Seelenverwandten nutzen die zweite oder dritte Gelegenheit, wenn ihre Wege sich kreuzen.«

»Noch etwas?«

»Wohin gehen wir dieses Mal?«

»Zurück nach Schottland. Viel Glück ihr beiden.«

KAPITEL EINS

Frühling 1297, die Lowlands von Schottland

CARA BRECKENRIDGE SCHWENKTE ihren Dolch vor sich hin und her und zielte damit so gut und schnell sie konnte auf den Bauch ihres Ehemannes, aber er packte sie an der Hand und wirbelte sie im Handumdrehen herum.

Er hielt ihr den stumpfen Dolch an die Kehle und knurrte: »Vielleicht bist du nicht imstande zu lernen. Was braucht es von mir, dass du mir gehorchst und tust, was ich dir sage? Du kämpfst nicht besser, als du alles andere kannst.« Sein langes, blondes Haar fiel ihm in die Augen und versperrte ihm die Sicht.

Cara stampfte auf seinen Fuß und quetschte den Stiefel unter ihrem Absatz so fest sie konnte. Japsend ließ er sie los.

»Warum hast du das getan? Das ist eine Übung!«, blaffte er. Ihre beiden kleinen Jungen, beobachteten sie vom Rande und versteckten sich hinter einem Baum.

»Brice, Bryan, es ist alles in Ordnung. Ihr braucht euch nicht vor eurem Vater zu verstecken.« George wischte sich über die Stirn, als er sie anschaute. »Cara, ich versuche, dir etwas beizubringen. Du musst nicht so garstig werden.« Er stand mit den Händen in die Hüfte gestemmt dort und sein Atem ging schneller, als sie erwartet hatte. Es hätte sie mit größerem Stolz erfüllt, wenn sie nicht nach Luft hätte schnappen müssen. Sie verabscheute das Sparring, das sie so viel mehr anstrengte als ihn.

»Ich versuche mein Bestes. Du sagst mir, ich soll mich verteidigen. Wenn ich meinen Dolch nicht benutzen kann, dann nehme ich meine Füße.«

Kopfschüttelnd beugte er sich in der Taille. »Das reicht für heute. Es ist wahr, dass ich nicht weiß, ob ich es dir je beibringen kann. Wir versuchen es jetzt schon seit zwei Wochen und du bist nicht besser als am Anfang. Geh hinein und richte das Essen für die Jungen und mich.« Er winkte sie zur Tür ihres kleinen Häuschens und damit war sie entlassen.

Als sie hineinging, verstaute sie den Dolch in der kleinen Tasche, die sie in ihr Kleid genäht hatte. Es verletzte sie, dass ihr Ehemann sie abwies, doch das wollte sie nicht zeigen. Nie hatte er an sie geglaubt. Obwohl sie wusste, dass er ein guter Mann war und er immer für sie und die Jungen sorgte, war er in letzter Zeit kalt und hart geworden. Wenn er sich auch oft für sein Verhalten entschuldigte, machte er sich nie die Mühe, es zu ändern.

Nach dem Tod ihres Königs, Alexander III, waren in Schottland harte Zeiten angebrochen. König Edward hatte einen neuen König, John

Balliol, bestimmt, doch er war nur ein Name. Edward tat, was immer er wollte, und oft erdrückten seine Wünsche den Willen und das Temperament der Schotten, was sie zu dem Versuch angestachelt hatte, einen neuen König zu wählen. William Wallace und Robert the Bruce hatten – unter anderen – beide hart gekämpft, um ihre Befähigung für diese Aufgabe unter Beweis zu stellen.

König Edwards Antwort bestand aus Tod und Folter für alle, die sich ihm in den Weg stellten. Er hatte Berwick im Namen der Engländer eingenommen – es war ein brutaler Angriff gewesen, der tiefe Wunden hinterlassen hatte – und war tiefer nach Schottland vorgedrungen. Alle Schotten waren besorgt. Bitter sogar.

Für die Leute in den Lowlands war es schlimmer. Cara und ihre Familie lebten in einem kleinen Dorf außerhalb Breckenridge Castle, wo Georges Bruder Cathill lebte und sich um die Pächter kümmerte. Sie alle entlohnten ihn mit einem Teil ihrer Ernte für das Recht, vor seiner Burg zu siedeln und im Gegenzug seinen Schutz zu genießen.

Cathill hatte allerdings seine gesamte Familie versammelt und war in die Highlands aufgebrochen um bei ihren Cousins in einem großen Clan zu leben. Die meisten Kämpfer, die zu ihrem Schutz gedient hatten, waren mit ihnen gegangen.

Cara hatte gebettelt, mitzugehen, aber George hatte darauf bestanden, dass sie hierblieben und die zurückgebliebenen Männer zu Kämpfern ausbildeten. Das galt auch für Cara und ihre Söhne. Doch jeden Tag erreichte sie die Kunde von weiteren Dörfern, die zerstört und niedergebrannt und deren Bewohner umgebracht worden waren.

Die Albträume raubten Cara den Schlaf. Sie fürchtete um ihre Jungen, doch George weigerte sich, die beiden in Sicherheit zu bringen. Es war ihr Land, sagte er, *schottisches* Land und er würde es nicht aufgeben.

Jedes Mal, wenn sie am Morgen mit dem Üben anfingen, sagte er das Gleiche. »Mein Bruder kann davonlaufen, aber ich werde nicht wie ein Kind davonrennen. Sobald wir die Engländer vertrieben haben, werden wir in das Breckenridge Castle ziehen. Wird Cathill bei seiner Rückkehr nicht überrascht sein, wenn er feststellt, dass wir dort leben?«

»Können wir nicht gleich gehen?«, fragte sie oft. Es war keine perfekte Lösung, aber die Burgmauern würden einen gewissen Schutz gewähren.

»Nein, die Engländer greifen immer die Burgen an. Vielleicht gewähren sie kleinen Dörfer etwas mehr Nachsicht, aber wenn sie angreifen, werden wir uns zur Wehr setzen und unser Eigentum beschützen. Wir alle haben hart dafür gearbeitet und unsere Mühe wird belohnt werden.«

Und dennoch konnte Cara nicht anders, als ihn anzuzweifeln. Ein Teil von ihr spürte, dass ihm seine Prinzipien wichtiger waren als seine Familie. Etwas anderes trieb ihn ebenfalls an – seine Bitterkeit über die, wie er es nannte,

Fahnenflucht seines Bruders. Er spuckte auf die Erde, wenn der Name seines Bruders erwähnt wurde, was er auch tat, wenn jemand von den Engländern sprach.

Cara fing an, das Gemüse zu schneiden und es zu dem Eintopf zu geben, der über dem Feuer köchelte, und nach einer Weile kam Bryan mit einem Krug Ziegenmilch hinter ihr heran. »Hier, Mama, für das Nachtmahl.«

Sie dankte ihm und arbeitete weiter.

»Mama«, flüsterte Bryan. Der ältere der beiden Jungen war acht und sehr beschützerisch ihr und seinem kleinen Bruder gegenüber geworden. »Ich denke, du hast gute Arbeit geleistet. Du bist sehr stark.«

Cara streckte die Hand nach unten und verwuschelte ihm den dunkelroten Haarschopf. »Ich danke dir sehr. Ich muss nur mehr arbeiten. Papa hat recht. Wenn die Engländer kommen, müssen wir vorbereitet sein.«

»Ich habe mich beim Üben sehr angestrengt. Ich werde jeden umbringen, der dich oder Brice anrührt.«

»Ich weiß, das wirst du.« Sie wusste, dass er nicht imstande dazu wäre, aber sie war nicht die Art von Person, die jemandes Bemühungen herabwürdigte, wenn er sein Bestes versuchte.

Im Gegensatz zu ihrem Ehemann. In letzter Zeit waren ihre Mahlzeiten in seinen Augen geschmacklos, ihre Nähkünste nicht akkurat genug und ihr Liebesakt … nun, daran wollte sie gar nicht erst denken.

Sie gelobte sich, sich morgen noch mehr Mühe zu geben.

———❧———

Gabriel Montgomerie war ein Wanderer.

Seit dem Tod seiner Ehefrau durch eine Tragödie, die ihn bis in alle Ewigkeit heimsuchen würde, war er entwurzelt.

Noch etwas anderes suchte ihn heim: die Erinnerung an das Gesicht des Schufts, der für Dellas Tod verantwortlich war.

Er hatte alle die lieben Worte seiner Bekannten gehört, aber keine noch so lieb gemeinte Anteilnahme konnte ihm seine liebe, süße Frau zurückbringen, die Frau, deren Lächeln sein Herz erheitern konnte. Und sie konnten auch ihren Tod nicht rächen. Irgendwie hatte ihr Mitleid alles nur noch schlimmer gemacht.

Der Hunger nach Vergeltung hatte ihn verzehrt.

Und so hatte er die Gegend verlassen, in der er geboren war und die Leute, die ihn so gut kannten. Gabriels Vater war Engländer und obwohl er einige Jahre zuvor verstorben war, hatten seine Reisen ihn zurück zu seiner Familie geführt. Sie hatten ihn informiert, dass die Engländer nach einem körperlich befähigten Mann suchten, um verschiedene Angriffe auf Schottland durchzuführen. Die Fähigkeit, Gälisch zu sprechen wurde besonders geschätzt, da nur einige wenige Engländer imstande waren, die Highlander zu verstehen.

Das konnte Gabriel allerdings. Er hatte beschlossen, seine Gabe geheim zu halten, damit er sie verwenden konnte, um wichtige Männer zu belauschen.

Nachdem er nach einer Stellung mit einer Gruppe gesucht hatte, bot sich ihm die richtige Gelegenheit. Er hatte den Posten des Marshalls für Thorley Tremaine, Baron of Hepple, einem der bevorzugte Barone des Königs, angenommen. Der Baron war auf der verzweifelten Suche nach einem neuen Marshall gewesen, denn sein Mann war einfach verschwunden, ehe sie die Grenze überschritten hatten. So sagte er jedenfalls. Die Gerüchte, die Gabriel gehört hatte, waren allerdings verstörender, aber Gabriel hatte die Chance erkannt und sie ergriffen.

Sie waren inzwischen seit einem Mond unterwegs, seit König Edwards Sieg in der Schlacht von Dunbar. Als die Engländer die Burg in seinem Namen eingenommen hatten, erkannten die Schotten endlich ihre Niederlage an und fügten sich dem Befehl des Königs. Eines Abends hatte die Kompanie des Barons spät auf einer stillen Wiese in den Lowlands ihr Lager aufgeschlagen. Der Mond war von Wolken verdeckt und die Luft war bitterkalt, aber nicht so kalt, als dass sie draußen nicht hätten überleben können.

Gabriel näherte sich dem Baron am Feuer, wo das Fleisch eines Wildschweins gebraten wurde, das sie auf ihrem Marsch erlegt hatten. Die Männer hatten herzhaft gegessen, denn sie wussten, dass sie wahrscheinlich tagelang nicht mehr so gut speisen würden.

Einer der Knappen, Wyot Darcy, wiegte sich

auf einem Baumstamm vor und zurück. Gabriel
erkannte, dass er ihn keinen Bissen hatte essen
sehen. Der Junge war wie er ein Wandergeselle.
Gabriel hatte ihn im Grenzland getroffen und
ihn ins Herz geschlossen. Er hatte ihn in die
Dienste des Barons gestellt, obwohl der Junge
erst fünfzehn war, und nicht immun gegen die
Widrigkeiten des Krieges. Einige der Anblicke, auf
die sie als Nachwirkungen mehrerer Kämpfe und
Scharmützel gestoßen waren, hatten ihn krank
gemacht. Aber es war einige Zeit vergangen, seit
sie so etwas gesehen hatten und der Junge war so
dünn, dass er es sich nicht leisten konnte, noch
mehr an Gewicht zu verlieren.

»Wyot, du solltest essen«, sagte er.
»Wahrscheinlich werden wir für einige Zeit nicht
mehr so gut essen.«

Der Junge starrte zu ihm auf und umklammerte
seinen Bauch. »Irgendetwas verursacht mir
Magenkrämpfe, Mylord. Ich will noch nicht
essen.« Plötzlich riss er die Augen auf, sprang
von dem Baumstamm und rannte in das kleine
Wäldchen, das nicht weit entfernt war.

»Damit wirst du dich besser fühlen. Spucke
es aus, damit du etwas frisches Fleisch zu dir
nehmen kannst«, rief Gabriel hinter ihm her und
lachte dabei leise vor sich hin. Er wusste genau,
wie der Junge sich fühlte. Es war nicht leicht, sich
an die Kost der Straße zu gewöhnen. Man war
öfter mit leerem Magen als mit vollem unterwegs
und nie war die Krankheit in weiter Ferne.

Dunstan Stoddard, Hepples Verwalter, zog eine
Grimasse. »Er wird es besser los und steckt uns

andere nicht damit an. Abgesehen davon werden
wir für lange Zeit vielleicht nicht viel zu essen
haben. Unser König sagte, dass die Vorräte in den
Lowlands immer dürftiger werden. Wir haben
nicht gerade mit viel angefangen, also werden wir
zusehen müssen, was wir auf der Straße finden
können. Ich bezweifele, dass wir das Glück haben,
so bald wieder einen Eber zu fangen.«

»Wir haben dreißig Mann sattzubekommen«,
meinte Hepple mit einem Schulterzucken. »Wir
werden Nahrungsmittel an uns nehmen, wo
immer wir sie finden können, und wir werden
jeden töten, der uns aufzuhalten versucht.«

Da Wyot gegangen war und die Ritter alle
um verschiedene Feuer herumsaßen, entschied
Gabriel die Frage zu stellen, die ihn am meisten
beschäftigte. »Und was ist mit den Frauen und
Kindern, die wir auf unserem Weg treffen? Wir
haben bislang noch keine getroffen. Habt Ihr
Anweisungen, wie mit ihnen zu verfahren ist?«
Es war noch nicht passiert, wofür er dankbar war,
aber er wusste, dass es irgendwann einmal so weit
sein müsste. Wenn es so weit war, betete er, dass
Hepple sie verschonen würde.

Hepple legte den Kopf schief, als ob er über
die Frage nachdächte. »Wir halten uns an die
Anweisungen unseres Königs. Wir werden die
Dörfer verbrennen und alle umbringen, die
wir auf unserem Weg nach Bothwell Castle
treffen. Dann werden wir es einnehmen, falls
irgendwelche Schotten zurückgekehrt sind. Das
wird unser Hauptquartier sein und wir werden
es im Namen von König Edward halten. Von

dort aus werden wir gehen, wo auch immer wir gebraucht werden. Es ist ein einfacher Plan. Ich habe nur einen weiteren Auftrag, und der besteht darin, eine weibliche Spionin zu finden. Er will eine Schottin, die wir bedrohen und einschüchtern können. Ich soll sie zu Edinburgh Castle schicken, damit sie sich unter den Schotten einschmeichelt, die ihm die Treue geschworen haben. Er fürchtet, dass einige darunter Lügner sind, womit er unzweifelhaft recht hat. Eine Frau wird am besten geeignet sein, um den Verrätern auf die Spur zu kommen. Um Eure Frage zu beantworten, werden wir alle umbringen, auf die wir treffen, mit Ausnahme einer hübschen Frau.«

Er konnte nicht anders. »Das ist ein bisschen grausam, glaubt Ihr nicht?«

Hepple starrte ihn an und Stoddard hörte zu kauen auf, um die Antwort des Barons abzuwarten. »Ich betrachte es als einen Akt der Gnade. Ohne ihre Männer oder ihre Vorratslager werden sie zu Tode hungern oder frieren. Wenn Ihr das nicht genauso seht, muss ich Eure Loyalität in Frage stellen.«

Gabriel biss sich auf die Zunge und grub die Finger in seine Handfläche. Sie waren tatsächlich so grausam wie ihr Ruf.

Mörder. Er reiste mit einer Gruppe gewissenloser Mörder.

KAPITEL ZWEI

CARA BEUGTE SICH in der Taille und ging auf ihren Ehemann los, wobei sie ihr Bestes gab, mit ihrer stumpfen Waffe auf seinen Bauch zu treffen, aber sie konnte nicht. Heute hatten sie einige weitere Beobachter. Ihre Söhne sahen zu, aber auch einige der Dorfbewohner.

»Das war ein bisschen besser, Cara«, meinte er und schenkte ihr ein kleines anerkennendes Nicken. »Du hättest den Mann zweifellos gebremst. Ich muss jetzt einige Zeit mit der Unterweisung der anderen Dorfbewohner verbringen. Wie du weißt, ist der Feind nahe.«

Nachrichten über die herannahenden Truppen waren ihnen zugetragen worden und sie alle fürchteten sich vor dem, was da kommen mochte. Ihre Chancen, die Engländer zurückzuhalten wurden mit jedem Tag geringer.

Sie lächelte und dankte ihm, und dann ging sie nach drinnen, um einen Teil ihrer Kleidung zu waschen. Brice, ihr kleiner Junge, folgte ihr. »Mama, können wir nicht dorthin gehen, wo unsere Onkel hingegangen sind?«, fragte er mit seiner kleinen Stimme. »Warum müssen wir bleiben?«

»Ach mein Süßer, wir müssen bei Papa bleiben«, antwortete sie und sammelte ihre Kleider ein. »Wir werden zusammen kämpfen, wenn wir angegriffen werden.«

»Aber was ist, wenn wir gestohlen werden? Ich habe die anderen Jungen gehört, wie sie über Entführung gesprochen haben. Wie die Jungen verschleppt werden. Sie zwingen sie zum Kämpfen oder um ihre Waffen zu tragen. Sie werden mich nicht fangen, nicht wahr?« Cara stellte die Wäsche auf den Tisch und ihr Sohn legte das Kinn auf seine Hand, die auf der Tischplatte ruhte, und seine großen grünen Augen suchten in ihren eine Garantie, dass sie sicher sein würden.

»Nein, Junge.« Es war eine tröstliche Lüge. Sie konnte nicht ertragen, ihm die Wahrheit über die Gefahren zu beichten, mit denen sie sich konfrontiert sahen, nicht wenn sie ihn nicht davor schützen konnte. Sie zauste ihm das Haar, das genau die gleiche Farbe hatte wie ihr eigenes. »Und wenn so etwas passiert, weißt du, dass Papa und ich bis ans Ende von England reisen würden, um dich zu finden. Wir würden dich nie aufgeben.« Sie umarmte ihn kurz und drückte ihn dabei fest an sich, und dann kitzelte sie ihm seinen Bauch. »Ich würde mir meinen Weg zu dir zurück erkämpfen. Das würde ich tun.«

Sein Lachen war die lieblichste Musik, die es für sie überhaupt nur geben konnte. Als sie zum Waschtisch ging, tappte Brice hinter ihr her und griff gelegentlich zur Unterstützung nach ihrer Hand. Das sagte ihr, dass der arme Junge sich wirklich fürchtete. Wie auch sie. Würden sie einen Angriff überleben?

Ihr blieb nicht viel Zeit zum Nachdenken. Kurze Zeit später änderten sich die Geräusche vor der Hütte. Es war mehr Rascheln und Rufen zu hören und die Stimme ihres Ehemanns trug schließlich durch den Wind zu ihr. »Cara, hol deinen Dolch!« Ihr Herz hämmerte ihr bis in die Kehle hinauf und sie rannte zur Tür des Häuschens, um den Weg entlang zu dem Donnern der Pferdehufe zu blicken. Brice war nach draußen zu seinem Vater und Bruder gegangen, und sie hörte ihn nach ihr schreien. Sie rannte zu den Jungen hinaus und nahm Brice an der Hand, währen Bryan neben seinem Vater stand.

Den Weg entlang kam eine Kavallerie von Pferden, die von Rittern in ihrer Rüstung angeführt wurden.

»Cara, du musst kämpfen. Nimm deinen Dolch und stell dich hinter mich!«

Schockiert blickte sie zu ihrem Ehemann auf. »George, die Männer sind Ritter in ihren Rüstungen. Wie können wir hoffen, gegen sie anzukämpfen?« Sie hielt den Blick auf den Pfad gerichtet, über den die Ritter auf sie zukamen.

»Normalerweise sind die Ritter nur in der vorderen Reihe. Die anderen werden Männer wie ich sein. Und sie alle sind aus Fleisch wie ich. Sogar die Ritter in der Rüstung. Es gibt Stellen, an denen du sie mit deinem Messer treffen kannst.

Du musst es tun oder wir werden alle sterben.«

»Vielleicht reiten sie einfach nur hier hindurch. Bis wir sehen, was sie vorhaben, möchte ich mich gern mit den Jungen verstecken.«

Er wirbelte herum und meinte: »Du versteckst dich nicht. Du wirst kämpfen, wie ich es dir gezeigt habe.«

Wut und Bitterkeit prägten jedes seiner Worte und sie erkannte in seinen Augen, dass er unter allen Umständen zu kämpfen beabsichtigte. Selbst wenn es ihrer aller Tod bedeutete. Die Wahrheit stand ihr vor Augen.

Sie würde nichts davon haben, und stattdessen gelobte sie sich, alles in ihrer Macht Stehende zu tun, um die Jungen und sich selbst am Leben zu erhalten. Obwohl sie wusste, dass Bryan sich niemals seinem Vater widersetzen würde, ganz egal, was sie sagte oder tat, konnte sie zumindest Brice beschützen. Ihre beste Chance bestünde darin, sich zu verstecken, ehe die Ritter an ihnen vorbeikämen.

Andere Kinder um sie herum begannen zu schreien, als die von der großen Anzahl von Pferden aufgewirbelte Staubwolke auf sie zukam, die mit nichts zu vergleichen war, was sie je erlebt hatte.

Brice fing an zu schreien und klammerte sich an ihre Röcke.

George packte sie so fest am Handgelenk, dass es wehtat und meinte: »Du wirst bleiben und kämpfen.«

»Nein, ich verstecke mich. Ich kann gegen Männer in Rüstungen nicht kämpfen. Wie könnte ich das, wenn ich nicht einmal gegen dich ohne Rüstung ankomme? Ich bin kein Dummkopf. Ich muss unsere Söhne beschützen.« Sie versuchte, sich von ihm loszureißen, aber er ließ nicht von ihr ab.

»Du wirst an meiner Seite kämpfen. Wenn ich gehe, gehen wir alle. Jeder von uns. Du und Brice, ihr müsst kämpfen!«

»George, hast du den Verstand verloren? Wie soll Brice kämpfen können? Er ist nur fünf Sommer alt und könnte keinem Ritter etwas zuleide tun. Lass uns in Frieden. Ich werde ihn so gut ich kann verstecken und meinen Dolch gebrauchen, wenn ich das muss.«

George zog sie zu seinem Gesicht hoch und sie war ihm so nahe, dass sein Speichel ihre Wange benetzte, als er sprach. »Ich befehle dir zu bleiben und zu kämpfen.«

Er ließ ihr keine Wahl. Sie trat ihn mit aller Kraft und er ließ ihre Hand in einem Reflex sinken, womit er ihr genügend Zeit verschaffte davonzulaufen. Sie riss den Blick von ihm los und hob Brice auf, um auf den Wald zuzurasen, während sie betete, dort ein gutes Versteck zu finden.

»Cara, wenn wir sterben, wird es dein Verschulden sein!«

Jetzt wusste sie, dass ihr Ehemann verrückt war. Das war die lächerlichste Aussage, die sie je gehört hatte. Glaubte er wirklich, sie könnte mit ihrem kleinen Dolch den Reihen von Kämpfern Einhalt gebieten, die mit Schwertern und Streitäxten bewaffnet waren?

Sie rannte so schnell sie konnte und glücklicherweise folge George ihr nicht. »Bryan, komm mit mir!« Über die Schulter warf sie einen Blick zu ihrem älteren Sohn zurück, der sich allerdings nicht von der Seite seines Vaters rührte, obwohl sie sehen konnte, dass ihm die Beine zitterten. Er hielt sich standhaft.

Sie wollte umkehren. Sie wollte ihn von der Seite seines Vaters wegreißen, aber sie fürchtete, George könnte sie am Fortlaufen hindern.

»Bryan, bitte!«, rief sie noch einmal verzweifelt. Doch er stand nur schweigend da. Also rannte sie von Brice´ Schreien angetrieben weiter.

Beim Wald trafen sie auf andere Frauen mit demselben Ziel.

Leben.

»Mama! Sie benutzen große Schwerter!«, stammelte Brice, dessen Stimme tränenerstickt war.

Sie fanden eine Gruppe dichter Büsche, in denen sie sich verstecken konnten. Auf ihrem Weg ins Innere wusste sie, dass es Dornensträucher waren, doch es war ihrer Meinung nach der sicherste Ort.

»Mama, sie kratzen mich«, wimmerte ihr kleiner Junge.

»Aye, das tun sie, aber wir werden sie nicht mehr bemerken, wenn wir mittendrin sind – und sie werden alle kratzen, die uns zu nahe kommen wollen.« Als sie dachte, dass sie gut versteckt wären, setzte sie sich mit überkreuzten Beinen auf die trockene Erde und nahm ihren kleinen Jungen auf den Schoß, um ihn fest an ihre Brust zu drücken. Dann betete sie für Bryan. Für Brice. Und für sie alle.

Brice schniefte und sie küsste ihn auf die Stirn, ehe sie flüsterte: »Gib keinen Laut von dir, Junge. Wir wollen nicht, dass sie uns hören. Was hättest du morgen gern zum Abendessen?«

Diese Frage lenkte ihn ausreichend ab, um ihr seine Leibspeisen zuzuflüstern – Pastete mit Lammfleisch oder eine große Schale Haferbrei mit Honig. Sie lauschte auf Hinweise, dass die Ritter vorbeigezogen – *o bitte, lass sie einfach weiterziehen* – aber sie kamen nicht.

Stattdessen wurden sie von den Geräuschen aufeinanderprallenden Metalls, Wutgeschrei, Hilferufen und wildem Kampfgeheul torpediert und die Geräusche kamen immer näher und näher, sodass sie Brice die Ohren zuhielt und ihn ermunterte, sich die Augen zuzuhalten.

Sie lugte durch die Dornenbuschranken des Gebüschs und sah George nicht weit entfernt, wie er gegen zwei Männer auf einmal kämpfte. Verzweifelt wollte sie einen Blick auf Bryan erhaschen und sie sah sich überall um, wobei sie sich ein wenig anders setzte, um einen besseren Aussichtspunkt zu haben, doch sie sah ihn nicht. Ihr zerriss es beinahe das Herz. Wo war ihr ältester Sohn?

George schrie mit aller Kraft zwei Worte, als er sein kleines Schwert mit der einen und seinen Dolch mit der anderen Hand schwang, doch dann bekam er ein Schwert in den Bauch. Ein Schrei wollte sich Caras Lippen entringen, doch sie drängte ihn zurück, indem sie die Sicherheit ihres

Sohnes in den Vordergrund stellte. Ihr Ehemann umklammerte die Wunde und betrachtete das Blut auf seiner Tunika, während seine Angreifer leise lachten. Einer trat mit dem Stiefel nach ihm und die beiden gingen, um gegen andere zu kämpfen.

Wie gern sie zu ihm gehen wollte, doch sie hielt ihren Sohn fest, der Gott sei Dank nicht gesehen hatte, wie sein Vater niedergeschlagen worden war. Er hielt die Augen geschlossen, wie sie ihm aufgetragen hatte und sein Schluchzen ging im Kampfgeschrei unter.

Sie hielt die Hände noch immer über seine Ohren, und so hatte er die letzten Worte seines Vaters nicht gehört.

Aber *sie* hatte sie vernommen.

»Cara, kämpfe!«

Es war so schnell passiert. Zwei der Männer, die sie als Späher vorausgeschickt hatten, während sie ihre Mahlzeit beendeten, waren zum Lager zurückgekehrt. »Mylord, eine Ansammlung von sechs Häuschen befindet sich ganz in der Nähe vor einer verlassenen Burg. Sie liegen direkt auf unserem Weg nach Bothwell. Sollen wir angreifen oder vorbeiziehen?«

Hepple hatte einen Moment lang darüber nachgedacht und war dabei in seiner nervösen Manier auf und ab gegangen, während er die Hände hinter dem Rücken verschränkt hielt. Nur selten war er still. Immer waren seine Hände, seine Finger oder seine Füße in Bewegung, was

wahrscheinlich einer der Gründe war, warum
er so hager blieb. Sein braunes Haar hatte sich
merklich gelichtet, und er trug es zu einem
Zopf zusammengebunden lang. »Habt Ihr junge
Frauen gesehen?«

»Ja, Mylord. Einige haben sich versteckt.«

»Nehmt so viele Ritter, wie Ihr braucht, und
tötet die Männer. Lasst die Frauen und Kinder
am Leben, damit ich sie in Augenschein nehmen
kann. Tut Eure Pflicht. Wir werden in einer Weile
dort sein.«

Die Ritter waren aufgebrochen und hatten zehn
weitere Kämpfer mitgenommen. Gabriel hatte
den anderen befohlen, alles zu packen, damit sie
in Kürze aufbrechen könnten, falls die anderen
Hilfe brauchten. Es fiel ihm allerdings schwer,
sich auf etwas anderes als auf den Blutrausch zu
konzentrieren, den er in Hepple wahrnahm. Das
verzerrte Grinsen des Barons stieß ihn ab.

Wie war er darauf gekommen, es verkraften
zu können, an diesem Kriege zwischen den
Schotten und den Engländern teilzuhaben? Krieg
zwischen Männern verstand er, aber nicht diesen.

Er begriff das Verletzen von Unschuldigen
nicht. Sein Vorgänger, so wurde geflüstert,
war gehängt und den Bussarden überlassen
worden – eine Strafe, die ihm wegen einer
simplen Meinungsverschiedenheit mit Hepple
zuteilgeworden war. Wenn Gabriel versuchte, die
Tötung der Frauen und Kinder zu verhindern,
würde er niedergemetzelt werden. Vielleicht
entginge ihm dann die Chance, Della zu rächen
und seinen Plan zu verwirklichen. Zumindest

aber würde er sie wiedersehen und sie in seinen Armen halten.

Vielleicht war es an der Zeit, dieses fruchtlose Unterfangen zu beenden.

In diesem Moment beschloss er, was er tun würde. Er würde die Frauen und Kinder verteidigen und wahrscheinlich deswegen erschlagen werden. Er würde seinen letzten Atemzug tun und in die Arme seiner Frau zurückkehren.

Eine seltsame Ruhe überkam ihn, als er sein Pferd bestieg. Hepple war ihm vorausgeeilt. Er hoffte, mit seinem Versuch zumindest einem Kind das Leben zu retten, und wenn er ein so starker Kämpfer war, wie er glaubte, würde er einige Ritter mit in den Tod nehmen.

Als sie sich dem kleinen Dorf näherten, waren die Schreie verstummt und nur noch das Gemurmel der Halbtoten zu hören, die blutend am Boden lagen. Er sprach ein kleines Gebet, um das Leiden der Sterbenden zu lindern. Er verstand den Krieg und seine Kosten.

Aber es war falsch, Frauen und Kinder hineinzuziehen, und dafür würde er sich einsetzen.

Als er die Gasse erreichte, die durch das Dorf führte, tat sein Bestes, um die Schreie der Verwundeten zu ignorieren, und suchte nach den Frauen und Kindern.

Die Überlebenden waren am Ende der Gasse aufgereiht worden. Vier Frauen. Ein paar Kinder. Der Rest war wahrscheinlich weggeschickt worden.

Hepple ging von Frau zu Frau und prüfte

jede von ihnen auf ihre Tauglichkeit für seine
Bedürfnisse.

Eine Frau stand in der Mitte, zwei Jungen
waren vor ihr versammelt. Hepple stand vor ihr
und wies sie an, den Mund zu öffnen, damit er
ihre Zähne überprüfen konnte. Sie trug eine
Halskette, die seine Aufmerksamkeit erregte, und
der blaue Stein zwinkerte ihm zu, als hätte er ihn
schon einmal gesehen.

In diesem Moment überkam ihn etwas Seltsames
– fast so, als ob eine Aura die Frau umgab, die ihn
näher an sich zog. Ohne es wirklich zu wollen,
stieg er ab und bahnte sich einen Weg durch die
Ritter, bis er neben Hepple stand.

Doch er vermochte den Blick nicht von der
schönen Frau abzuwenden. Irgendwie erinnerte
sie ihn an seine Della. Ihr Haar war rot und
ihre Augen grün, im Gegensatz zu Della, die
braunes Haar und braune Augen gehabt hatte,
aber er erkannte die Ähnlichkeit zwischen den
beiden am trotzigen Recken des Kinns. Am
durchdringenden Blick ihrer Augen, als sie die
beiden Söhne festhielt, die sich an ihre Röcke
klammerten.

Hepple griff nach oben und fasste ihr an die
Brust, woraufhin die Frau ihre Hand nach ihm
schlug. Der Baron packte ihr Handgelenk, um
den Schlag zu verhindern, und griff ihr in die
Haarwurzeln. Er zerrte sie vorwärts, doch sie gab
keinen Laut von sich, sondern schürzte stattdessen
die Lippen, um den Schmerz zu kontrollieren,
den er ihr mit Sicherheit bereitete.

Genau wie Della es getan haben würde.

Der Baron zischte und dabei kam ihm ein bisschen Speichel über die Lippen. »Wenn ich die Ware begutachten will, dann werde ich das tun. Vielleicht werde ich entscheiden, dass ich mehr sehen will und von dir verlangen, dass du dich hier vor allen ausziehst. Würde dir das gefallen, du hochmütiges Weib?«

Sie biss die Zähne zusammen und entgegnete nichts, während Hepples angespannter Kiefer Gabriel ein Hinweis war, dass er sie schlagen wollte. Der Mistkerl holte aus, um sie auf die Wange zu schlagen, doch Gabriel bekam seine Hand zu fassen. »Lasst von ihr ab«, knurrte er. »Ihre Söhne schauen zu.«

Der Blick, mit dem Hepple ihn bedachte, hätte einen geringeren Mann schrumpfen lassen, doch Gabriel blieb standhaft und spannte seinen Griff um den Arm des Mannes an. Er erwiderte seinen Blick mit all der Verachtung und der Wut, die er empfand. Nach einem Augenblick erschien noch etwas anderes im Blick des Barons – Furcht.

Zu seiner Überraschung trat Hepple zurück und ließ sie los.

»Na schön. Sie untersteht Eurer Verantwortung. Sie ist diejenige, die ich will, aber Ihr werdet sie kontrollieren. Wir nehmen die Jungen als Absicherung, dass sie tut, was wir verlangen. Schafft sie mir jetzt aus den Augen. Trefft mich um Mitternacht bei Bothwell Castle.«

Und mit diesem einen Zug hatte sich seine ganze Welt verwandelt.

Würde es zum Besseren sein?

Oder zum Schlimmeren?

KAPITEL DREI

CARA HÄTTE DIESEN Mistkerl am liebsten getreten und gekratzt, der sie aus den Büschen gezerrt hatte, aber sie hatte einen Beschützer. Die Frage war, warum?

Sobald der verantwortliche Mann sie und ihre Söhne dem Hünen überantwortet hatte, führte ihr Beschützer sie alle drei wieder zurück in ihr Häuschen. Keiner der Jungen hatte ein Wort gesagt und Bryans Gesicht war noch immer tränenverschmiert, von dem Anblick seines sterbenden Vaters im Kampf. Einer der Ritter hatte Mitleid mit ihm gehabt und ihn in Richtung Wald geschickt, damit er dort wartete. Jetzt klammerte er sich an sie, was für ihn sehr ungewöhnlich war.

»Pack eure Sachen. Eine Tasche für dich. Eine für die Jungen. Du wirst mir zu Pferd folgen«, sagte der Hüne. »Ich werde einen deiner Söhne nehmen, als Sicherheit, dass du keinen Fluchtversuch unternimmst.«

Cara beeilte sich, ihre Sachen zusammenzusuchen, und sie wusste, wie ungewöhnlich es war, eine solche Gelegenheit zu erhalten, aber Bryan trat rasch vor und sah auf seinen kleinen Bruder. »Ich werde mit Euch reiten.«

Es verging ein Augenblick und der Hüne schüttelte den Kopf. »Ich werde den jüngeren nehmen.« Er sah zu Cara und erkannte, dass sie fertig war. »Wir werden jetzt aufbrechen.«

Es wurde kein weiteres Wort gewechselt. Eilig führte er sie nach draußen und an den wenigen Überlebenden vorbei, die gefesselt in ihre Häuschen zurückgeführt wurden. Sie hasste die Vorstellung, welches Schicksal sie erwartete, denn sie hatte Geschichten gehört. Das hatten sie alle. Selbst wenn sie lebend davonkämen, würden sie ohne Männer, die kämpften, nicht lange überleben, da Marodeure das Land unsicher machten. Was stimmte nicht mit König Edward, dass er solch ein sinnloses Gemetzel angeordnet hatte? Es wäre besser für sie, nicht an ihr Schicksal zu denken, als sich zu sehr hineinzusteigern. Derzeit hatte sie zwei Söhne, die sie beschützen musste.

Sie fürchtete sich allerdings davor, den Grund zu erfahren, warum sie verschont worden waren.

Der verantwortliche Mann hatte ihnen zwei Pferde von denjenigen gegeben, die aus dem Dorf stammten. Sobald sie aufgesessen waren, führte der Hüne sie von den Rittern weg. Er hatte ihren jüngsten Sohn, Brice, vor sich gesetzt. Bryan ritt mit ihr. Sie hätte vielleicht einen Fluchtversuch mit Brice unternommen, in der Hoffnung, das Bryan aus eigener Kraft entkommen würde, aber ihren Jüngsten würde sie nie im Stich lassen. Die weise Voraussicht des Mannes überraschte sie.

Das machte ihn zu einem stärkeren Widersacher.

Die Luft war für den Frühling kalt, doch sie hatte ihren Umhang fest um sich gewickelt.

»Wohin sind wir unterwegs?«, fragte sie endlich.

»Das brauchst du nicht zu wissen. Es wird uns einen halben Tag kosten. Dann wirst du es herausfinden. Dein Name?«

»Cara.«

»Die Jungen und ihr Alter?«

»Bryan ist acht Sommer. Brice bei Euch ist erst fünf. Und Euer Name?«

Er drehte den Kopf und schaute sie nachdenklich an, als ob er überlegen würde, die Wahrheit zu sagen. »Gabriel. Nur das musst du wissen.«

»Mama, ich habe Angst«, rief Brice ihr zu.

»Du musst stark sein. Wenn Lord Gabriel uns wehtun wollte, hätte er das längst getan. Er wird dein Freund sein.«

Als ob ein Engländer je ein Freund sein könnte.

Brice drehte sich, um zu dem Mann hinter ihm aufzuschauen, der weiter geradeaus blickte.

Zu ihrer Überraschung tätschelte der Mann den Kopf ihres Sohnes flüchtig.

Bislang hatte sie ihn nicht genau in Augenschein genommen. Von Entsetzen um ihr Leben und das ihrer Söhne gelähmt, hatte sie nur bemerkt, dass er zumindest einen Kopf größer als der Baron war und wahrscheinlich doppelt so viel wog – wobei alles Muskeln waren. Seine Schultern und Oberarme waren massiv und umfangreicher, als sie je bei einem Mann zuvor gesehen hatte.

Das hatte sie von Anfang an bemerkt. Sein gutes Aussehen, das ihr ins Auge fiel, war es, was sie vorher nicht bemerkt hatte. Sein Haar war dunkelbraun und größtenteils glatt, aber es lockte sich an seinen Schultern. Er hatte einen Schnauzer und einen Bart, doch er hielt ihn gestutzt und nicht zottig wie die meisten. Seine Augenfarbe hatte sie bislang nicht bemerkt, doch das würde sie, sobald sie eine Gelegenheit dazu bekäme.

Warum war er eingeschritten, um sie zu beschützen? Was bedeutete das?

»Was wird mit den anderen geschehen?«, fragte sie, obwohl sie entschieden hatte, dass es besser für sie wäre, wenn sie das nicht wüsste.

»Ich weiß es nicht und in Kriegszeiten gebe ich dir einen Rat, Mylady. Stelle keine Fragen, wenn du den Verdacht hast, dass dir die Antwort vielleicht nicht gefallen könnte.«

Das war ihre einzige Unterhaltung auf der gesamten Wegstrecke, die in der Tat einen halben Tag in Anspruch nahm. Brice war an Gabriel gelehnt eingeschlafen und zu ihrer Überraschung rückte er den Jungen so zurecht, dass er es bequemer hatte.

Zu der Zeit als sie bei einem Herrenhaus ankamen, das gut verborgen vom Hauptweg lag, ging die Sonne beinahe unter. Es war ordentlich gepflegt und wirkte verwaist. Sie wartete, bis sie ankamen, ehe sie etwas sagte.

Lord Gabriel ließ Brice herunter und sagte zu Bryan, er solle absitzen, was der Junge auch umgehend tat. »Welcher Sack ist der ihre?«

Sie zeigte darauf und er nahm ihn, um ihn an Bryan zu reichen.

Als sie selbst versuchte, abzusitzen, wirbelte
der Mann auf dem Absatz herum und knurrte:
»Du nicht. Du wirst bleiben. Ich werde es dir bei
meiner Rückkehr erklären, aber wenn ich dich
jagen muss, werden die beiden Jungen leiden und
nicht du.«

Er drehte sich zu ihren Söhnen und sagte:
»Verabschiedet euch von eurer Mama. Sie muss
einen Auftrag erledigen und dann wird sie
zurückkommen.«

Sie hatte keine Ahnung, worüber er sprach,
doch sie würde ihn vor ihren Kindern nicht
fragen. Egal was es auch war, durfte sie ihren
Tränen keinen freien Lauf lassen. Brice würde
weinen, wenn sie es täte. »Ihr Jungen seid gut,
und ich werde zurückkehren und euch holen,
sobald ich kann.« Sie lenkte den Blick zu ihrem
älteren Sohn und sagte: »Bryan, kümmere dich
um deinen Bruder.«

»Kommt Jungs. Dort drinnen sind ein paar
Welpen.« Gabriel zeigte auf das Haus und seine
Miene warnte die beiden, nicht weiter zu trödeln.

»Welpen?«, fragte Brice und er klang aufgeregt,
wenn auch nur für einen Moment. »Auf
Wiedersehen, Mama.«

»Ich passe auf ihn auf, Mama«, versprach Bryan.
»Komm bald zurück.« An seiner Haltung konnte
sie sehen, dass er zögerte, sie zu verlassen. Sie war
stolz auf den jungen Burschen, der er geworden
war, und dankte dem Herrn aufs Neue für ihn.
Bryan würde tatsächlich auf Brice aufpassen.

»Geh und schau dir die Welpen mit Brice an«,

sagte sie. Die beiden Jungen eilten ohne ein weiteres Wort hinter Gabriel her.

Keine andere Bedrohung würde ihre Bereitschaft zur Zusammenarbeit besser sicherstellen und das wusste er mit Sicherheit. Kurze Zeit später war er zurück und packte die Zügel ihres Pferdes, um sie vom Haus wegzuführen. Nachdem er einen Blick über ihre Schulter geworfen hatte, lenkte er den Blick wieder zu ihr zurück. »Jetzt hör mir gut zu und merke dir meine Worte. Du bist eine Gefangene von König Edward und du bist auserwählt worden, um als Spionin für ihn zu arbeiten. Du wirst tun, was dir gesagt wird oder deine Jungen müssen leiden. Wenn du dich gut anstellst, werden dir beaufsichtigte Besuche bei ihnen in Aussicht gestellt. Ich erzähle dir das jetzt, weil du meine Worte überdenken und akzeptieren musst, ehe wir bei unserem endgültigen Ziel, Bothwell Castle, ankommen. Wenn du mit dem Baron in Streit gerätst, werden deine Jungen dafür bezahlen und auch du. Ich gewähre dir diese Zeit, damit du die Möglichkeit hast, deine Situation zu akzeptieren.«

»Darf ich erfahren, wer sich um sie kümmert?«

»Das darfst du nicht, aber sie sind in der Obhut von jemandem, dem ich vollkommen vertraue. Ich würde unschuldige Kinder nicht einfach bei irgendjemandem lassen. Sei froh, dass ich über ihre Unterbringung entscheiden durfte. Wenn der Baron die Entscheidung getroffen hätte, wären sie in den Kerkern von Bothwell Castle.

Sie öffnete den Mund zum Sprechen, doch dann schloss sie ihn wieder.

»Kluge Frau. Du hast darin nichts mitzureden. Du wirst mit mir reiten, damit ich dich nicht jagen muss, falls du so töricht sein solltest, einen Fluchtversuch zu unternehmen. Ich sage dir das jetzt, denn wenn du über dein Schicksal diskutieren willst, solltest du das besser mit mir tun. Du willst die Folgen deiner Widerworte nicht erleben, nachdem wir in der Burg angekommen sind. Du hast das Benehmen des Barons bereits erlebt. Er ist kein freundlicher oder netter Mann.«

»Ich hoffe, es sind wirklich Welpen dort drinnen.«

»Das war die Wahrheit. Ich bin kein Lügner, Mylady.« Er nahm sein Pferd und führte es zu einem kleinen Stall hinter dem Haus, ehe er zu ihr zurückkehrte und die Umgebung kontrollierte, bevor er ihr Pferd vom Grundstück führte.

Er saß hinter ihr auf und sie richtete sich gerade, da sie sich weigerte, ihn zu berühren. Ihre Gedanken sprangen in eintausend Richtungen, als er sein Pferd in einen langsamen Handgalopp trieb, um dann zu einem Galopp zu wechseln, sobald sie die offene Wiese erreichten.

Eine Spionin. Sie würde als Spionin gegen ihre eigenen Leute eingesetzt. Und wenn sie sich weigerte, zur Verräterin zu werden, würden sie ihre Jungen umbringen oder quälen. Die Vergeblichkeit der Situation überkam sie wie eine ominöse Wolke. Ihr Ehemann war tot und ihre Söhne wurden gefangen gehalten.

Würde sie ihre Söhne je wiedersehen?

Cara war eine stärkere Frau, als Gabriel vermutet hatte. Er hatte Schluchzen und ihr Flehen um Gnade erwartet, doch er hörte sie nur ein paarmal schniefen, was dann schnell vorbei war.

Sie hatte sich alle Mühe gegeben mit einem aufrechten Rückgrat zu reiten, dass ebenso gerade war wie die Klinge seines Schwerts, doch er hatte sie ermuntert, sich zu entspannen. »Wenn du den ganzen Ritt so bleibst, wirst du dich bei Einbruch der Nacht nicht mehr bewegen können. Wenn du irgendwelche meiner Ratschläge hören willst, dann ist es wichtig, dass du stark sein musst und dass du deine Kraft und Geistesgegenwart brauchst, um dich und die Jungen durchzubringen. Es ist Krieg und jetzt bist du ein Teil davon.«

Sie blieb noch eine kurze Weile standhaft, doch dann sackte sie gegen ihn und ein hörbares Seufzen entrang sich ihrem Inneren.

Er tat sein Bestes, die Rundungen der Schönheit zu ignorieren, die sich gegen ihn lehnte. Sie war atemberaubend. Ihre grünen Augen versprachen, einen Mann zu verhexen, sobald er zu nahe kam. Wahrscheinlich war es ihre Schönheit, die ihr und ihren Jungen das Leben gerettet hatte.

Er würde tun, was er konnte, um sie zu beschützen. Sein Schwur, allem Töten ein Ende zu machen hatte sich gewandelt, sobald er diese kleinen Jungen mit den gleichen faszinierenden grünen Augen an ihrem Rock gesehen hatte.

Della war mit einem Jungen schwanger

gewesen. *Seinem* Jungen, doch es hatte nicht sein sollen.

Sein Bauchgefühl sagte ihm, dass es unerlässlich war, diese drei zu beschützen, und so hatte er seinen Plan aufgegeben. Er hatte keine Ahnung, was mit den anderen Überlebenden geschehen würde, doch das wollte er auch nicht wissen.

Er stieß auf eine kleine Lichtung, nicht weit von einem Bach, und dort hielt er an. Zuerst führte er das Pferd zum Wasser und dann fand er eine Stelle, an der es frisches Frühlingsgras fressen konnte. Das Kauen des Pferdes war das einzige Geräusch, das neben dem gelegentlichen Heulen einer Eule und dem Umherhuschen der Eichhörnchen in den Bäumen zu hören war. Das wäre ein guter Ort, um sich mit ihr zu unterhalten.

»Erledige deine Bedürfnisse. Versuche bitte nicht, davonzulaufen. Wenn du das tust, werde ich dich ganz bestimmt fangen, da du zu Fuß bist und ich ein Pferd habe. Wenn das passiert, wirst du in Zukunft all deine Bedürfnisse vor meinen Augen erledigen müssen. Ich weiß nicht, wie viele Mädchen das begrüßen würden.«

Sie schaute ihn mit einem harten Blick an. »Um die Wahrheit zu sagen, bin ich viel zu erschöpft, um fortzulaufen. Aber gehe nicht davon aus, dass dies morgen nicht passieren könnte.« Sie trat auf eine Gruppe von Büschen zu und dann schaute sie zu ihm zurück und meinte: »Du willst Ehrlichkeit. Hier ist sie. Ich würde alles für meine Jungen tun.«

Er konnte sich ein Grinsen nicht verkneifen. Ihm gefielen mutige Frauen.

Ganz wie Della.

Er zwang sich, nicht an sie zu denken. Es war noch immer zu schmerzhaft.

Cara kam hinter den Büschen hervor und die leichte Röte auf ihren Wangen war unübersehbar. Er drehte ihr den Rücken zu und gewährte ihr einen Moment Privatsphäre, ehe er verkündete: »Wir werden rasch essen und dann unseren Weg zur Burg fortsetzen. Ich werde nicht hier schlafen und mich der Gefahr aussetzen, von Marodeuren aufgespürt zu werden.« Er nahm ein Päckchen mit getrocknetem Fleisch aus seiner Tasche, das er mit ihr teilte, und dann reichte er ihr einen Apfel und den Trinkschlauch, den er mit frischem Wasser aus dem Bach gefüllt hatte.

Er zeigte auf einen flachen Stein und meinte: »Setz dich. Du musst dir anhören, was ich zu sagen habe.«

Sie kam seiner Aufforderung nach und biss in den Apfel, den sie langsam kaute, ohne ihn aus den Augen zu lassen. »Wir werden kurze Zeit in Bothwell Castle verbringen und dann wirst du vermutlich zum Spionieren nach Edinburgh geschickt werden.«

Sie antwortete schnell. »Wen werden wir ausspionieren und wie genau soll ich das tun?« Sie wischte sich einen Tropfen Apfelsaft aus dem Mundwinkel.

Plötzlich verspürte er den Drang, diesen Saft selbst abzulecken.

Dummkopf. Sie hat gerade heute erst ihren Ehemann verloren. Sie hasst dich.

Er gab ihr eine ehrliche Antwort. »Das weiß

ich nicht genau. Du bist dir bewusst, dass König Edward ganz Schottland selbst beherrschen will. Im Namen Englands hat er bereits viele Bereiche in den Grenzgebieten und den Lowlands eingenommen und auf seinem Weg viele Schotten niedergemetzelt. Ich frage mich, warum die Männer in deinem Dorf sich entschieden hatten, auszuharren, anstatt in die Highlands zu flüchten, wie andere das getan haben.« Er hielt inne und zog eine Augenbraue hoch, während er wartete, ob sie seiner Aussage zustimmen würde. Dann ließ er sich auf einem anderen Felsbrocken in der Nähe nieder und gestattete sich damit die Möglichkeit, sie zu betrachten. »Meiner Vermutung nach war einer darunter dein Ehemann? Wenn dem so ist, dann hast du mein Mitgefühl für deinen Verlust.«

»Mein Ehemann wusste von der Möglichkeit, dass wir angegriffen werden könnten, aye, aber er dachte, dass wir kämpfen könnten. Wir hatten gehört, dass eure Krieger vom Nahrungsmangel geschwächt wären, also dachte er, eine Chance zu haben.« Sie starrte auf den Boden zu ihren Füßen und eine kleine Träne stahl sich in ihren Augenwinkel, ehe sie sie rasch fortwischte.

»Das traf auf die Männer zu, die mit König Edward unterwegs waren, aber nicht auf unsere Männer. Verglichen mit der großen Streitmacht, die er anführt, ist unsere Zahl klein. Wir haben gut gegessen und in Erwartung, dass wir Bothwell Castle im Namen des Königs halten müssten, haben wir auch genügend Vorräte mitgebracht.«

»Das erklärt nicht, warum ihr meine Hilfe braucht.«

»König Edward hat verlangt, dass die verbleibenden Schotten ihm die Treue schwören. Viele haben das willig getan und andere werden noch nach Edinburgh oder Berwick Castle reisen, um ihren Schwur zu leisten. Da der König ein argwöhnischer Monarch ist, verlässt er sich nicht darauf, dass alle Schotten ehrlich sind. Er ist voll und ganz über die Arbeit von William Wallace und Robert Bruce im Bilde, und er ist sich auch der Fehler von König John bewusst. Unsere Aufgabe besteht darin, herauszufinden, welche Schotten König Edward wirklich unterstützen und welche ihn einfach anlügen.«

»Also muss ich meine Landsleute ausspionieren? Wie soll ich das anstellen? Ich kenne niemanden sonst als die Leute aus unserem kleinen Dorf.«

»Du wirst mit jemandem nach Edinburgh Castle reisen, obwohl ich noch nicht weiß, mit wem, und dann wirst du flirten, um das Vertrauen deiner Landsleute zu gewinnen.« Bei diesen Worten leuchtete ein Feuer in ihren Augen auf, aber sie war klug genug, nicht zu sprechen. »Wenn du bei irgendwelchen Lügen erwischt wirst, verlierst du dein Leben und wahrscheinlich das deiner Söhne. Ist das harsch? Ganz bestimmt, aber ich bezweifle nicht, dass Baron Hepple für die Durchführung des Urteils sorgen wird.« Mit den Fingern fuhr er sich durch sein dichtes Haar, während er mit sich haderte, wie aufrichtig er sein sollte, und wie viel sie noch verkraften konnte. Da das Leben ihrer Söhne auf dem Spiel

stand, beschloss er, dass sie die volle Wahrheit
verdient hatte.

»Hepple genießt den Ruf, einer der grausamsten
Barone Englands zu sein. Meiner Vermutung
nach ist er deshalb für diese Aufgabe ausgewählt
worden. Tu, was er sagt, oder ihr werdet alle
sterben.«

KAPITEL VIER

KURZ NACH MITTERNACHT kamen sie bei Bothwell Castle an. Cara hatte wenig zu dem Mann hinter ihr auf dem Pferd gesagt, während die Realität der Situation in ihr Bewusstsein drang. Vollkommen erschöpft konnte sie sich während der restlichen Reise kaum noch auf dem Pferd halten.

Als sie auf das Tor zu ritten, flüsterte Gabriel ihr ins Ohr. »Ich schlage vor, dass du hier niemandem vertraust. Wenn du dich an jemanden wenden musst, sollte ich das sein. Wie du bereits erlebt hast, bin ich derjenige, der dir Schutz bietet.«

Sie konnte nicht anders, als die Frage zu stellen, die sie den ganzen Tag im Sinn gehabt hatte. »Und warum?«

»Weil ich einer der Wenigen bin, der glaubt, dass Frauen und Kinder nicht unter den Tragödien und Grausamkeiten der Kriege leiden sollten, die von Männern ausgetragen werden. Ich habe nur das Beste für deine Söhne im Sinn. Wenn ich auch alle anderen hier nicht kenne, teilen die meisten meine Überzeugung nicht. Denke daran, während du hier bist. Ich weiß nicht, wohin ich geschickt werde, sobald wir hinter die Mauern dieser Burg treten.«

Mit einer sanften Berührung, für die sie ihm dankbar war, hob er sie vom Pferd. Ihre Beine gaben beinahe unter ihr nach, aber er fing sie auf und richtete sie gerade, nachdem er von seinem Pferd gesprungen war. Er brachte das Tier in den Stall und meinte zu ihr: »Warte hier.«

Sie folgte seiner Aufforderung und schlang die Arme gegen den kalten Wind um ihren Körper. Der Ringwall sah enorm aus, aber er war noch nicht fertig. Entweder das oder ihre Augen spielten ihr einen Streich. An einer Ecke der Mauer stand ein riesiger Turm, der anders war als alles, was sie je gesehen hatte, und der Ringwall erstreckte sich von diesem großem Turm zu einem kleineren, der weiter entfernt stand.

Es gab keinen Hauptturm in der Mitte, sondern nur diesen einen riesigen Turm und von dem Ringwall war noch nicht sehr viel fertiggestellt. Sie hob den Blick zur Turmspitze. Ein merkwürdiges Gefühl überkam sie, als die niedrigen Wolken rasch über den Halbmond hinwegzogen und sich über den ganzen Ort eine gespenstische Dunkelheit zog. Taub. Sie fühlte sich taub und voller böser Vorahnungen und Sorge.

Außerhalb der Burg wandelten Männer umher, aber es waren nicht sehr viele. Die meisten rasteten wahrscheinlich.

Rast.

Aye, sie musste schlafen und dann könnte sie einen Plan ersinnen. Nach den Pferden zu urteilen, die umherwanderten, befanden sich hier zu viele Männer, als dass sie sich ihre Freiheit erkämpfen könnte. Ihr bester Plan würde wahrscheinlich darin bestehen, nach Edinburgh zu reisen und zu versuchen, Bekanntschaft mit einem echten Schotten zu schließen, der ihr helfen könnte. Georges Bruder war in die Highlands gezogen. Jemand würde wissen, wo er zu finden wäre und wenn sie eine Möglichkeit fände, zu einem der großen Highland Clans zu gelangen, hätte sie einen Schutz vor den Engländern. Und das würde ihrer Erwartung nach für viele kommende Monate notwendig sein.

Doch ehe sie ihre Söhne wiederhatte, würde rein gar nichts passieren. Sie hatte sich alle Mühe gegeben, sich zu merken, wo sie sie zurückgelassen hatten, und auf die Sonne und Wegmarkierungen geachtet, an denen sie vorbeigekommen waren, doch nach einer Weile war alles in der Dunkelheit verschwommen.

Ihrer Vermutung nach war das einer der Gründe, warum sie im Dunkeln reisten, damit sie nicht genau wusste, wo ihre Söhne untergebracht waren.

Gabriel kehrte zurück und legte ihr die Hand auf den Rücken. »Der Stallmeister hat mir gesagt, ich soll dich zu deiner Kammer oben im Turm bringen. Du wirst dort für einige Tage bleiben, die wir hier verbringen, und du hast Glück, dass du einige kleine Fenster hast, damit du dir die Landschaft anschauen kannst. Du wirst in deiner Kammer bleiben, bis du gerufen wirst. Ich habe den Auftrag, bei dir zu bleiben und auf dich

aufzupassen.« Er nahm ihre beiden Taschen und
führte sie zum Turm.

Sie sagte nichts, als sie ihm folgte. Zu viele
Wachen warfen ihr, für ihren Geschmack, lüsterne
Blicke zu. Sie rückte dichter an Gabriel. Bislang
hatte er sie noch nicht unangemessen berührt
und er hatte aber viele Gelegenheiten dazu
gehabt, also vermutete sie, dass er sicherer war als
einer von den anderen Rittern oder Kriegern,
die Bothwell Castle derzeit bevölkerten.

Sobald sie drinnen angekommen waren, stiegen
sie die gewundene Treppe an der Außenseite
des großen Turms hoch und ignorierten die
schlafenden Männer in der Kammer am Fuße
der Treppe. Je höher sie stiegen, umso fester
wurde ihr Griff um Gabriels Tunika, bis er sich
zu ihr umdrehte und ihre Hand ergriff, um
sie die Treppe hinauf zu führen. Sie passierten
mindestens noch zwei weitere Ebenen, obwohl
sie nicht in die Kammern sehen konnte. Endlich
waren sie oben angekommen und er stieß die Tür
auf. Sie war überrascht, zwei große, miteinander
verbundene Kammern zu erblicken, die durch
eine Tür getrennt wurden, die gerade offen stand.
Die vordere Kammer wies eine Feuerstelle auf
und war mit einem Tisch ausgestattet, um den
sechs Stühle standen, während sich in der anderen
ein großes Bett mit Vorhängen darum befand,
und ein kleiner Kamin war an der Außenwand
errichtet. Es gab auch eine ganze Reihe von
Truhen zur Aufbewahrung und Stühle zum
Sitzen.

Es gab nur ein Bett, doch dicht bei der

Feuerstelle stand eine kleine Pritsche. Sie drehte sich zu Gabriel um, den sie – seine Worte abwartend – anblickte.

Er deutete zu dem Abort, der sich außerhalb der Kammern in dem kleinen Bereich auf dem Treppenabsatz befand. »Benutze ihn und ich passe auf. Du kannst das Bett haben und ich werde auf dem Boden in der Kammer mit dem Tisch direkt vor deiner Tür schlafen, damit dich niemand belästigen wird.«

»Aber …« Sie wusste nicht, was sie ihm sonst entgegnen sollte. Sie war bis auf die Knochen erschöpft und könnte unmöglich auf dem Boden schlafen.

Er legte ihr einen Finger an die Lippen und sagte: »Benutze den Abort. Ich werde deine Tasche in deine Kammer stellen. Wenn es kein frisches Wasser gibt, werde ich welches besorgen. Sobald du dich erfrischt hast, gehst du zu Bett und machst die Tür zu. Morgen werde ich nach dir sehen.«

Sie kam seiner Anweisung nach und dann ging sie in ihre Kammer, wobei sie die Tür hinter sich schloss und sich dagegen lehnte. Nach einem Augenblick bemerkte sie, dass sie an den Kampf dachte, den sie früher am Tag miterlebt hatte. Die Gewalt. Der Blick in Georges Augen, als er sie angeschrien hatte, sie solle kämpfen. Die kaltblütige Gewalt, mit der diese Männer die Dorfbewohner angegriffen hatten. Was, wenn die englischen Soldaten hier herauf in ihre Kammer kämen? Was würden sie tun?

Sie wirbelte herum und riss die Tür auf. Überrascht sah sie Gabriel dort sein Schwert neben sich zurechtlegen. Er hatte einige Decken und Felle zu einem Lager auf dem Boden arrangiert.

»Was?«, fragte er und blickte von seinem Platz auf dem Boden zu ihr auf.

»Nichts. Ich hatte nur sehen wollen, wo du schläfst.«

»Hier, wie ich gesagt hatte. Ich werde mich nicht von der Stelle rühren. Das verspreche ich.«

Sie nickte und dann flüsterte sie: »Ich danke dir.« Irgendwie war sie ihm etwas schuldig. Das spürte sie. Er mochte ein Feind sein, und doch hatte er ihr und ihren Söhnen geholfen.

Sie schloss die Tür und schob den Riegel vor, den sie zweimal kontrollierte, und dann begab sie sich zum Feuer hinüber, um sich die Hände an den Flammen zu wärmen. Sie bemerkte die Felle vor den Fenstern, die sie zurückzog, um über die Landschaft zu schauen, und war überrascht, das Mondlicht zu erblicken, das sich auf dem Wasser eines nahen Flusslaufs spiegelte. Sie hatte keine Ahnung, wie er hieß, doch sie ging jede Wette ein, dass er im Sonnenlicht ein schöner Anblick sein musste.

Im Augenblick brauchte sie allerdings mehr als alles andere ihren Schlaf.

Sie zog ihre Stiefel und den Umhang aus und dann hob sie die Bettdecke, um mit Freuden dort mehrere Felle vorzufinden, die sie warmhalten würden.

Sie hatte keinen Ehemann mehr, der ihr Wärme spendete, und auch keine kleinen Körper, die sich in der Morgenkälte an sie kuschelten.

Sobald ihr Kopf endlich auf dem Kissen ruhte, vergoss sie schließlich ein paar Tränen.

Bei allem, was ihr heilig war, würde sie am nächsten Morgen allerdings keine Tränen mehr vergießen.

Sie hatte zwei kleine Jungen, die sich auf ihre starke Mama verließen.

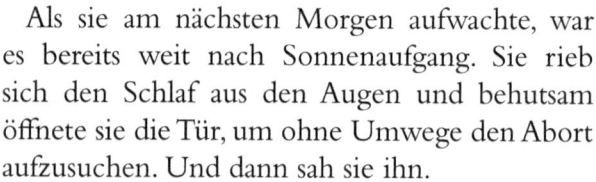

Als sie am nächsten Morgen aufwachte, war es bereits weit nach Sonnenaufgang. Sie rieb sich den Schlaf aus den Augen und behutsam öffnete sie die Tür, um ohne Umwege den Abort aufzusuchen. Und dann sah sie ihn.

Sie hatte die Tür so leise geöffnet, dass Gabriel sie nicht gehört hatte. Er reinigte sein Gesicht und seinen Oberkörper an einer Waschschüssel auf dem Tisch und hatte ihr den Rücken zugekehrt. Und was für ein Rücken das war ...

Der Mann war atemberaubend. Sie bekam einen trockenen Mund, als sie ihn beobachtete. Je öfter er sich bewegte, desto mehr kräuselten sich seine Muskeln auf dem Rücken, während ihm das Wasser über die Schulter lief, als er sich unter dem Arm wusch.

Was war nur los mit ihr? Dieser Mann hielt sie in seiner Gewalt, und sie bewunderte seinen Rücken und, wie sie zugeben musste, sein gut geformtes Hinterteil. Sie hustete verhalten, weil sie sich nicht anmerken lassen wollte, dass sie ihn angestarrt hatte, und er drehte sich um. »Verzeiht, Mylord, aber ich muss den Abort benutzen.«

Mit heiserer Stimme und dunklen Augen sagte er: »Tu, was du tun musst.«

Seine Brust war sogar noch prachtvoller als sein Rücken, und die dunklen Haare darauf lenkten ihren Blick von ganz oben bis hinunter auf seinen flachen Bauch. Ein Blick auf diesen mächtigen Mann, der sich vor ihr präsentierte, ließ die Hitze unmittelbar zwischen ihren Schenkeln ausbrechen, worüber sie nicht die geringste Kontrolle hatte. Es war eine instinktive Reaktion, die sie entsetzte und in Verlegenheit brachte. Sie wandte den Blick ab, aber vorher erspähte sie noch das kleine Lächeln auf seinen Zügen. Er hatte sie ertappt, wie sie ihn angeschaut hatte, und am liebsten wäre sie weggelaufen. Was war nur los mit ihr? Wie konnte sie so unangemessen auf ihren Entführer reagieren?

Aber nie zuvor hatte sie solch ein eindrucksvolles Exemplar von einem Mann gesehen, und sie bezweifelte, dies jemals wieder zu tun.

Er folgte ihr zur Tür hinaus, und sie huschte in den Abort, während er sich auf den Weg ins nächste Stockwerk machte. Sie hörte, wie er Anweisungen gab, dass Wasser heraufgebracht werden sollte, obwohl sie nichts Genaues mitbekam. Als sie fertig war, kehrte sie ins Schlafgemach zurück und wusch sich die Hände in ihrer eigenen Waschschüssel, wobei sie ihr Bestes tat, um das zerknitterte Kleid, in dem sie geschlafen hatte, zu richten.

Er kam herein und nickte ihr zu. »Ich habe einen Badezuber und heißes Wasser für dich bestellt, Mylady. Der Badezuber wird heraufgebracht, sobald das Wasser erhitzt ist. Ich hoffe, du hast noch ein Kleid zum Anziehen dabei. Sei vorbereitet, den Baron anschließend zu empfangen. Er wird deine Anweisungen mit dir durchgehen.« Dann machte er einen Schritt vor und berührte ihre Hand für einen kurzen Moment, ehe er wieder von ihr abließ. »Gib dir die größte Mühe, angenehm zu sein. Ich weiß noch nicht, was er geplant hat, aber wir werden es bald herausfinden.«

Sie ließ sich Zeit in der Wanne, denn das war ein Luxus, den sie sich nur selten gönnte. Sich in dem warmen Wasser zu aalen, war himmlisch. Wenn nur alles andere ihrer neuen Welt verschwinden könnte. Sie brauchte eine Weile, bis sie ihr Haar vor dem Feuer getrocknet hatte, und als sie das Klopfen an der Tür hörte, ließ sie es offen, weil es noch feucht war.

»Herein«, rief sie und stand auf.

Gabriel sah sie einen Moment lang an, bevor er das Wort ergriff, wobei eine gewisse Rührung in seinem Blick aufflackerte. »Der Baron ist hier, Mylady«, sagte er. »Bitte setz dich zu uns an den Tisch.«

Sie kam mit dem Bürsten ihres Haares zum Ende und ging zum Tisch, ohne mit jemandem zu sprechen.

Der Baron streckte die Hand nach ihrem Haar aus. Sie zog sich zurück und bedauerte sofort, dass sie es offen trug, aber er schaffte es trotzdem,

mit seinen Fingern durch die letzten Strähnen zu
fahren.

»Dein dunkelrotes Haar ist wirklich schön. Ich
glaube, du wirst dich als gute Wahl entpuppen.«

Ihre einzige Reaktion bestand darin, ihr Haar
über die Schulter zu schwingen, um seiner
Berührung zu entgehen. Der Baron starrte sie
an und fing an umherzugehen, während Gabriel
sich auf den Stuhl neben ihr setzte.

»Du hast die Jungen an einem sicheren Ort
gelassen?« Er richtete seine Frage direkt an
Gabriel. Wie sie sich wünschte, eine Ahnung
zu haben, wo ihre Kinder waren oder wer sich
um sie kümmerte. Obwohl sie das Herrenhaus
gesehen hatte, wusste sie nicht, wie sie dorthin
zurückfinden sollte.

»Aye, es wird gut für sie gesorgt.« Gabriel verlor
nicht zu viele Worte, als er dem Baron antwortete,
was sie überraschte. Offensichtlich gefiel es ihm
nicht, gefragt zu werden.

Der herrschsüchtige Mann ging noch
einige Male hin und her, ehe er in einer recht
dramatischen Pose stehen blieb. Er hatte die
Hände in seinem Rücken verschränkt und das
Kinn gereckt. Die Wirkung wurde jedoch von
der Tatsache unterminiert, dass sein Kopfhaar
eine Wäsche nötig hatte und sein Bart dringend
gestutzt werden musste, ganz im Gegensatz zu
Gabriels ordentlich geschnittenem dunklen Bart.

»Ihr werdet heute nach Edinburgh aufbrechen.
Ihr beide. Ihr werdet euch als verheiratetes Paar
ausgeben, als die Mac Henrys aus den Lowlands. Ihr
beide habt König Edward die Treue geschworen

und ihr seid gekommen, um euren Schwur formell zu machen. Du, meine Liebe, wirst dich für andere Männer verfügbar machen, sodass du ein gewisses Maß an Intimität erzeugen kannst, das sie ermuntern wird, dir zu vertrauen und dir Dinge zu erzählen. Sind sie unserem König treu oder lügen sie? Das möchte ich gern erfahren. Ich erwarte auch, dass die Schotten sich irgendwo versammeln, wenn sie die Lowlands verlassen. Du wirst herausfinden, wohin sie gehen und mich so schnell wie möglich informieren. Ihr werdet eine Woche dort verbringen und dann werdet ihr mit all den Informationen zurückkehren, die ihr gesammelt habt. Ihr werdet mir alles erzählen und ich werde die wichtigen Informationen an König Edward weitergeben.«

Sie schaute zu Gabriel, um zu sehen, wie er auf diese Vorschriften reagieren würde, doch er äußerte sich nicht. Er ließ ihr keine Wahl, als das Wort geradewegs an den Baron zu richten. »Verzeihung, Mylord. Welchen Grad von Intimität meint Ihr? Ich verstehe nicht.«

Er beugte sich vor und brachte sein Gesicht so nahe an ihres, dass ihre Nasen sich beinahe berührten. »Du bist keine Jungfrau, also tu, was du tun musst, um an die Informationen zu kommen, wenn du deine Söhne wiedersehen willst. Habe ich mich klar ausgedrückt?«

Mit einem Keuchen lehnte sie sich zurück, so schockiert war sie über seine Andeutung. »Werden mir meine Jungs nach einer Woche wieder zurückgegeben?« Wie schrecklich die Situation auch sein mochte, würde sie alles tun, um ihre Jungen wiederzusehen. »Und dürfen wir dann gehen? Es gäbe keinen Grund für mich, wiederzukommen, da wir den Treueeid geleistet haben.«

»Das habe ich zu entscheiden. Es werden noch mehr Schotten erwartet, sodass ich mich entscheiden könnte, dich noch einmal zurückzuschicken. Vergiss nur nicht, alles zu tun, was ich verlange, und nicht mehr. Oder weniger.«

Gabriel stieß unter dem Tisch an ihr Knie. Sie sah ihn an, und er warf ihr einen mahnenden Blick zu, still zu sein.

Der Baron ging wieder auf und ab, dann blieb er am Fenster stehen, während ein kleines Lächeln seine Lippen umspielte. »Wenn es dir lieber wäre, könntest du stattdessen für ein paar Tage meine Mätresse sein. Wäre das mehr nach deinem Geschmack, meine Liebe?«

Es kostete sie all ihre innere Kraft und Stärke, auf dieses Angebot keine Reaktion zu zeigen. Was für ein ungeheuerlicher Vorschlag. Ihr hatte es die Sprache verschlagen, denn ihr Kopf schwirrte von all den Gewalttaten, die auf einmal auf sie einfielen.

Letztendlich wusste sie jedoch, dass ihr keine andere Wahl blieb. »Ich werde mit Gabriel gehen und Eure Wünsche erfüllen. Dann erwarte ich, meine Jungen zu sehen, wie Ihr es versprochen habt.«

Sie würde nicht hier bei Baron Hepple bleiben. Alles, nur nicht der Baron.

»Mylord«, meldete sich Gabriel. »Wir werden packen und in einiger Zeit aufbrechen. Ich werde

Euch nach dem Frühstück treffen, um weitere Anweisungen entgegenzunehmen.«

»Wie Ihr wünscht«, antwortete der Baron. Dann trat er an Cara heran, streckte die Hand aus und fuhr mit dem Finger an ihrem Kinn entlang. Sie tat etwas, was sie sofort bedauerte.

Sie biss ihn.

Sein schallender Schlag auf ihre Wange ließ sie Sterne sehen.

»Montgomerie, Ihr solltet Euren Schützling besser im Zaum halten.« Er hielt seinen Finger hoch, um den Schaden zu begutachten.

Gabriel sprang von seinem Stuhl auf. »Das werde ich. Sie hat einen großen Schock erlitten, als sie ihren Mann und ihre Söhne verloren hat. Ich bitte Euch, ihr das nachzusehen, wenn Ihr über eine Bestrafung nachdenkt.«

Der Baron musterte sie mit strengem Blick. »Wenn sie bis zum Mittag immer noch hier ist, kommt sie in mein Gemach, und ich werde sie gebührend bestrafen. Wenn Ihr klug seid, bringt Ihr sie so schnell wie möglich von hier weg. Ich verliere langsam die Geduld mit ihr, aber wir müssen den Befehl des Königs befolgen.«

Dem Ausdruck in seinen Augen nach zu urteilen, wollte Cara lieber nicht erfahren, welche Art von Strafe er für sie vorsehen würde. Es war Zeit, dass sie sich auf den Weg machten.

Kapitel Fünf

GABRIEL FÜRCHTETE, IHM würde der Kopf explodieren, doch er beherrschte sich, bis der Baron gegangen war.

Er starrte auf die Tür und lauschte den Geräuschen, die der Mann im Weggehen verursachte. Dann drehte er sich zu Cara um. »Hast du den Verstand verloren? Warum hast du den Mann gebissen, der deinen Mann umgebracht und deine Jungen weggesperrt hat?«

»Ich weiß es nicht. Ich mag nicht von ihm angefasst werden.« Sie hatte die Hände zu Fäusten geballt und das Weiß ihrer Knöchel war deutlich für ihn sichtbar, was ihn daran erinnerte, wie viel sie am Tag zuvor durchgemacht hatte.

Dennoch hielt er es für seine Pflicht, sie zu beschützen, wenn er auch keine Ahnung hatte, woher dieser Drang rührte. »Er kann tun, was er will. Er hat eine Streitmacht von über fünfzig Rittern außerhalb dieser Burg. Ich schlage vor, du provozierst ihn nicht weiter. Pack deine Sachen und erledige, was du zu erledigen hast, aber wir brechen in allerkürzester Zeit auf, ehe er uns noch beide umbringt.«

»Können wir nicht erst etwas essen? Ich bin am Verhungern. Ich hatte kaum etwas zu essen.«

Die dunklen Ringe unter ihren Augen, die Art, wie sie nun ihre Hände knetete, und die Angst in ihrem Blick bewegten ihn zum Einlenken. Vielleicht war er zu grob. Er erinnerte sich besser daran, was er dem Baron gerade gesagt hatte: Ihr Mann war umgebracht und ihre Kinder entführt worden.

Sie murmelte scheinbar eine Entschuldigung. »Es war einfach eine Reaktion. Ich habe nicht darüber nachgedacht, ehe es passiert war. Offensichtlich habe ich überhaupt nicht nachgedacht.« Dann tat sie etwas Seltsames. Sie streckte ihre Zunge heraus und wischte sie mit einem Leinentuch ab. »Das hätte ich nicht tun sollen. Es fühlt sich an, als könnte ich ihn jetzt schmecken.«

Sie bewegte ihre Zunge so heftig hin und her, dass sein Schaft im Nu hart war. Was, zum Teufel, führte diese junge Frau im Schilde? Wusste sie nicht, was sie tat oder wie diese süße, kleine Zunge auf einen Mann wirken würde?

Verdammt, er musste hier raus. »Ich gehe und hole etwas zu essen. Pack deine Sachen.«

»Ich habe sie nicht ausgepackt«, flüsterte sie.

»Dann bleib hier sitzen und rühr dich nicht vom Fleck. Tust du das bitte?»

Sie verdrehte die Augen zur Antwort, doch dann milderte sie ihre Reaktion mit einem Nicken ab. Sie stand auf und begab sich zur Feuerstelle, um sich die Hände zu wärmen, und somit ging er.

Als er auf die Treppe trat, brauchte er einen Moment, um sich zu sammeln. Verdammt, aber diese Frau würde noch seinen Tod bedeuten. Was zum Teufel hatte er sich dabei gedacht, als er beschlossen hatte, sie und ihre Jungen zu beschützen?

Der Schweiß brach ihm auf der Stirn aus, als er daran dachte, was es bedeuten würde, die Rolle ihres Ehemanns zu spielen. Er wäre gezwungen, neben ihr zu stehen, ihr Essen auszuwählen, während ihre kleine Zunge immer wieder zum Vorschein kam. Er würde ihr vom Pferd helfen. All diese kleinen Handlungen würden sich zu einer ernsthaften Attacke auf seine Sinne summieren. Die einzige Lösung bestand im Tragen eines Plaids, um sein immer größer werdendes verräterisches Glied zu verbergen, wenn sie in der Nähe war. Die roten Strähnen, die ihr ins Gesicht fielen, hatten um Streicheleinheiten gebettelt, wie die Porzellanhaut ihres Halses ihn anflehte, das Salz auf ihrer Haut zu kosten.

Er war zu lange ohne Frau gewesen. Das war das Problem. Vielleicht sollte er sich eine Frau suchen, um sich von seinen Begierden zu erleichtern, sobald sie in Edinburgh ankamen.

Das war es. Er hatte keine andere Wahl, als eine Frau zu finden, um die unstillbare Lust auszuleben, die in seinem Körper tobte. Nachdem er diese Entscheidung getroffen hatte, ging er zuerst zu den Stellungen, um den Burschen Bescheid zu sagen, ein Pferd in kurzer Zeit bereitzuhalten, wobei er sich allerdings in den Nasenrücken kneifen musste, um der Erinnerung an ihr weiches Hinterteil Einhalt zu gebieten, das sich an ihm gerieben hatte.

Er war der Hölle geweiht – mit seiner pochende Männlichkeit von hier bis Edinburgh.

Er machte in der Küche halt und dann kehrte er mit einem Tablett beladen in die Kammer des Turms zurück. Er brachte Porridge in zwei Schalen, eine kleine Schale Honig, Ziegenmilch und zwei Scheiben Brot. »Iss auf und dann machen wir uns auf den Weg.«

Sie aßen schweigend.

Als sie fast fertig waren, blickte sie in ihre Schüssel und flüsterte. » Wie soll ich das tun? Er erwartet von mir, mich für Informationen zu verkaufen. Ich weiß nicht ob ich das kann.«

Gabriel verstand ihre Bedenken. Die arme Frau war wahrscheinlich nur mit einem Mann in ihrem ganzen Leben zusammen gewesen und sie war erst seit einem Tag Witwe. »Wir sprechen eingehender darüber, wenn wir in Edinburgh sind, aber ich erkenne keine Notwendigkeit, dass du dich verkaufst.« Er hatte seine Worte sorgfältig abgewogen.

Sie hob den Blick zu ihm und Hoffnung keimte in ihren bezaubernden Augen auf. »Das muss ich nicht?«

»Nein, ich glaube du kannst die Männer mit einem Kuss oder zweien verzaubern. Kannst du dir vorstellen, einige Männer zu küssen? Mit ihnen zu flirten? Viele Männer werden alles ausplaudern, was sie wissen, wenn die richtige Frau sie mit ihren Rundungen betört. Das ist

meiner Meinung nach weit von Hurerei entfernt,
aber ich weiß, dass ich keine Frau bin, um mir
dieses Urteil zu erlauben.«

Er wartete ab, um zu sehen, wie sie auf seine
Worte reagieren würde. Ihre Augen weiteten
sich und dann schaute sie an die entfernte Wand,
während sie seine Ausführungen überdachte.
Er bewunderte die Art und Weise, wie sie an
die schwierige Position heranging, in die sie
sie gebracht hatten. Anstatt zu wimmern oder
in Tränen auszubrechen, mühte sie sich, ihr Los
zu verstehen, um ihre besten Alternativen zu
erwägen.

Sie drehte sich wieder zu ihm herum und
fragte: »Ein Mann würde einer Frau Geheimnisse
anvertrauen, die ihn mit dem Oberkörper streift?
Das ist alles was nötig ist?«

Die Ernsthaftigkeit in ihrem Ausdruck sagte
ihm, dass sie keine Ahnung von Ihrer Schönheit
oder ihrer Fähigkeit hatte Männer anzuziehen.
»Viele Männer würden *all* ihre Geheimnisse für
die Aufmerksamkeit einer wunderschönen Frau
wie du hergeben.«

Sie starrte ihn an und dachte über seine Aussage
nach. Er beobachtete ihre Emotionen, wie sie über
ihr Gesicht huschten – Verwirrung, Unsicherheit,
und sogar Unglauben. »Du betrachtest dich nicht
als schön, nicht wahr?«, flüsterte er.

Sie schüttelte den Kopf und errötete. Wie er
sich wünschte, zu sehen, wie weit dieses Erröten
ging. Würde es ihren gesamten Körper überziehen
oder an ihrem Hals aufhören? Vielleicht an

den Brüsten und möglicherweise würden ihre Brustwarzen einen dunkleren Ton von …

Von was? Rosa? Koralle? Oder würden sie von einem satten Braunton sein?

»Hat dein Ehemann dir nicht gesagt, wie wunderschön du bist? Hat er dich nicht jede Nacht geliebt und dich einfach in den Armen gehalten, seine Wärme mit dir geteilt und deine Haut auf eine Weise liebkost, die dir Vergnügen bereitet hat?«

Sie schüttelte den Kopf und sprang so vehement von ihrem Stuhl auf, dass sie ihn beinahe umgeworfen hätte. Sie eilte zum Fenster und riss das Fell zurück, um den Kopf in die kalte Luft hinaus zu strecken.

Wenn er raten sollte, würde er sagen, dass diese Frau noch nie einen Orgasmus erlebt hatte. »Dein Ehemann war kein liebevoller Mann«, meinte er sanft. »Ich nehme an, dass er nicht wertgeschätzt hatte, was er besaß.«

Mit einem erstaunten Blick sah sie über die Schulter zu ihm zurück. Dann lenkte sie ihre Aufmerksamkeit wieder dem Fenster zu.

Er hatte einige wertvolle Informationen über Cara Breckenridge erfahren, die bald Mac Henry heißen würde. Wenn es nach ihm ginge, würde er sie und ihre Söhne beschützen.

Und er würde sie seinen Namen herausschreien lassen, wenn er sie über die Schwelle der Ekstase trieb.

Er hatte ein neues Ziel im Leben.

Cara musste zugeben, dass sie sich davor fürchtete, was nach dem Vorfall bei der Unterhaltung, die sie auf Bothwell Castle geführt hatten, auf ihrem Ritt passieren würde. Doch glücklicherweise hatte Gabriel in letzter Minute Vorkehrungen mit dem Stallmeister getroffen, ihr ein eigenes Pferd zu geben.

»Ich möchte die Tiere auf dem Ritt nach Edinburgh nicht überlasten«, erklärte er. »Wir werden nicht haltmachen, außer es ist absolut unvermeidbar und wir sollten vor Einbruch der Nacht eintreffen.«

Sie wusste allerdings immer noch nicht, was sie von seinen Worten halten sollte. George war ein guter Versorger und ein wundervoller Vater für ihre Jungen gewesen.

Aber er hatte sie nie schön genannt. Dieses Wort gehörte nicht zu ihrem Namen, nicht in ihren Augen. Ihre Lippen waren zu groß, ihr Haar zu kraus und sie wünschte, ihre Brüste wären kleiner. Sie waren gewachsen, als sie ihre Söhne gestillt hatte, aber sie waren nicht wieder auf die Größe geschrumpft, die sie vor ihrer Schwangerschaft gehabt hatten.

George hatte sie auch kleiner gewollt. Das war ein weiterer Punkt, in dem sie sich wie eine Versagerin gegenüber ihrem Ehemann fühlte.

Und Gabriels Kommentar über ihren Ehemann, ob er sie jede Nacht liebte und in seinen Armen hielt? Das war beinahe zum Lachen. In mancher Nacht hatte sie sich danach gesehnt, in seiner Wärme eingehüllt zu sein, doch er hatte immer lieber geschlafen, ohne sie anzufassen.

Sie hatte sich angepasst.

In Wahrheit betrauerte sie den Verlust ihrer kleinen Jungen mehr als ihren Ehemann und das beschämte sie.

Was stimmte nicht mit ihr?

Als sie in Edinburgh ankamen, bedeutete Gabriel ihr, ihm zu den Stallungen im Außenbezirk der Stadt zu folgen. Sie konnte den Blick nicht von dem imposanten Anblick der königlichen Residenz wenden. Eine riesige Ringmauer mit mehreren Türmen umgab ein großes Schloss, das die gesamte Stadt überragte. Es war größer als irgendein Bauwerk, das sie je erblickt hatte, wobei es hoch oben auf einem Berg lag. Es schien zu groß und überwältigend, um echt zu sein, und es kam ihr irgendwie wie ein Traum vor.

Nie hatte sie so viele geschäftige Menschen auf einem Platz gesehen. Doch die Gerüche waren weniger wundervoll. Pferde, Schweine und beinahe jede Tierart war in den Pferchen bei den Außenbezirken der Stadt zu sehen und ihr Gestank trug bis in die Gassen, durch die Fußgänger oder Reiter sich durch den Ort bewegten.

»Reiten wir nicht zum Schloss?«, fragte sie, während sie sich alle Mühe gab, ihr Pferd um die Passanten herum zu lenken.

»Nein, wir halten auf den Ortskern zu. Wir brauchen einen Schneider. Uns beiden fehlt es an angemessener Kleidung für die königliche Residenz. Wir müssen unsere Rollen spielen.«

Sie stellte keine weiteren Fragen und ihre Augen

waren auf all die Anblicke der Stadt fixiert. Als sie
die Stallungen erreichten und Gabriel ihr beim
Absitzen behilflich war, meinte er: »Es ist spät.
Wir werden in dem Gasthaus auf der anderen
Straßenseite einkehren und den Schneider am
Morgen besuchen.«

Nickend folgte sie ihm. Sie wusste nichts von
dieser Welt, denn sie hatte als junges Mädchen
ihr gesamtes Leben in Breckenridge Castle
verbracht, ehe sie George geheiratet hatte und
in das Dorf vor den Toren gezogen war. Ihr Vater
hatte in der Waffenschmiede gearbeitet und ihre
Mutter hatte für den Laird gebacken, womit sie
sich ein Häuschen innerhalb der Festungsmauern
verdient hatten. Ihre einzige Schwester hatte
vor langer Zeit geheiratet und war fortgezogen.
Ihre Eltern waren mit der Familie des Lairds
in die Highlands gegangen, als Edward seine
Verwüstung der Grenzländer begonnen hatte.

Sie hatte keine Ahnung, wo sie jetzt waren. Sie
hatten George angefleht, mit ihnen zu kommen,
und sein Bruder hatte eine Einladung nach der
anderen ausgesprochen, aber er hatte sie alle
abgewiesen und meinte es besser zu wissen. Er war
ganz bestimmt ein starrköpfiger Mann gewesen.
Wären sie in die Highlands aufgebrochen, könnte
er vielleicht noch am Leben sein und sie würde
sich wahrscheinlich nicht in ihrer derzeitigen
misslichen Lage befinden. Es war schwer, einen
Groll auf ihn zu hegen, da er doch sein Leben
verloren hatte, aber sie verspürte einigen Ärger
über den Verlust dessen, was hätte sein können.

Sie waren gerade im Begriff, das kleine Gebäude

zu betreten, als Gabriel innehielt und meinte: »Denke an deine Rolle. Du bist Cara Mac Henry, meine Ehefrau und ich bin Lord Mac Henry für dich. Wir sind aus Perthshire.«

Das Gasthaust war größer als irgendeines der Häuser in ihrem zerstörten Dorf, und es sah aus, als ob es ebenso groß wie breit wäre. Die Tür öffnete sich direkt in den Speisesaal und einige Gäste saßen noch bei Tisch und genossen ihre Mahlzeit. Bei dem Duft von Eintopf grummelte ihr Magen und sie ließ vor Verlegenheit den Kopf hängen, in der Hoffnung, dass er über die leise Geräuschkulisse der Unterhaltungen nichts gehört hatte.

Er machte ihr ein Zeichen, ihm zu einem Tresen im hinteren Bereich der Gaststube voranzugehen. »Meine Frau und ich brauchen einen Raum für die Nacht«, meinte er und ging auf den Inhaber zu.

Der Mann war in mittlerem Alter, schneidig und recht ernst. Die Frau, die hinter ihm stand, wobei es sich ihrer Vermutung nach um seine Ehefrau handeln musste, war nichtssagend, aber freundlich und sie lächelte breit. »Wir sind sehr erfreut, Euch hier zu beherbergen«, meinte er mit einem Nicken. Er nahm einen Schlüssel und dann führte er sie ins obere Stockwerk zu einem Raum am Ende des Korridors, der nicht den Speisesaal übersah, wofür sie dankbar war.

»Ihr werdet gute Wäsche auf dem Bett vorfinden und reichlich Felle. Werdet Ihr zum Essen kommen, Mylord?«, fragte er und trat zurück, als er die Tür öffnete und Gabriel den Schlüssel übergab.

»Wenn Ihr uns zwei Schalen mit Eintopf heraufschicken könntet, wären wir mit Eurer Gastfreundschaft hochzufrieden. Und ein Laib guten Brots und zwei Ale.« Er gab dem Gastwirt ein paar Münzen, der sich daraufhin mit einem Nicken zurückzog.

Cara sah Gabriel mit hochgezogener Augenbraue und einem verhaltenen Lächeln an. »Du hast den schottischen Dialekt überraschend mühelos angenommen, Mylord.«

»Aye, das ist nicht so schwer, wie du vielleicht glaubst. Wie stark soll ich meinen Dialekt sprechen?«, fragte er und erwiderte ihr Lächeln. »Meine Mutter war Schottin, aber mein Vater lebte in England nahe dem Grenzgebiet, ehe sie heirateten. Ich bin mit beiden Sprechweisen gut vertraut.«

»Du bist zu viel mit Schotten zusammen gewesen«, meinte sie, während sie ihren Umhang ablegte. Zu ihrer Überraschung ergriff er ihn und hängte ihn an einen Haken bei der Tür. Sie schaute sich um, und die Behaglichkeit des Raums überraschte sie. Es gab sogar weiche Kissen auf den Stühlen, die um den Tisch standen. Der Kamin war klein, doch Gabriel legte mehr Holz nach, sodass es rasch wärmer wurde.

»Woher stammst du?«, fragte sie und gab ihrer Neugier nach.

»Ich habe im Grenzgebiet gelebt. Auf der englischen Seite.«

Als die bestellten Speisen gebracht wurden,

setzten sie sich um den Tisch und aßen. Nach einigen Augenblicken räusperte sie sich und fragte: »Wie werden wir in einem Bett schlafen? Ich weiß, dass wir im gleichen Raum bleiben müssen, um unsere Rollen zu spielen, aber genaugenommen ...«

»Du kannst im Bett schlafen. Ich werde wieder auf dem Boden schlafen.«

Obwohl sie deshalb eine schlechtes Gewissen hatte, wollte sie nicht auf dem Boden schlafen. »Danke für deine freundliche Rücksichtnahme«, flüsterte sie. Es gab eine kleine Abtrennung, die den Blick auf das Bett von der Tür verstellte – es war ein kleines Detail, für das sie dankbar war.

Kurz darauf fiel sie, erschöpft von einem langen Tag zu Pferd, ins Bett.

Mitten in der Nacht schreckte sie im Bett auf und blickte mit großen Augen auf die Abtrennung, als sie zwei betrunkenen Radaubrüdern zuhörte, wie sie an die Tür hämmerten.

»Wir haben gehört, es sei eine hübsche Maid dort drinnen und möchten sie kosten.« Derbes Lachen folgte auf dieses schlüpfrige Angebot.

Eine zweite Stimme meldete sich zu Wort. »Ich habe sie hineingehen sehen. Ihre hübschen grünen Augen haben deutlich zum Ausdruck gebracht, dass sie mich will. Sie ist wirklich eine Schönheit.«

Die schleppende Aussprache ihrer Worte sagte ihr genau, in welchem Zustand sie waren. Aber zumindest die Tür trennte sie von ihnen. Das nächste Geräusch, das sie hörte, schockiert sie noch mehr. Das leise Klirren eines Schwerts, das aus der Scheide gezogen wurde, hallte durch den Raum – und dann ging die Tür auf. »Verschwindet von der Tür, es sei denn, ihr wollt von meinem besten Freund hier entzweit werden.«

Wenn sie raten sollte, folgten ein paar Faustschläge, ehe die betrunkenen Narren sich davonmachten. Als sie die Tür wieder zugehen hörte, schlich sie auf Zehenspitzen aus dem Bett und lugte um die Abtrennung.

Dort stand er ohne Hemd und seine Brust hob und senkte sich von der Anstrengung der kleinen Auseinandersetzung.

»Du blutest an der Hand.«

»Diese dämlichen Kerle.« Er schüttelte seine Hand und griff nach einem kleinen Leinentuch, um das kleine Rinnsal von Blut abzuwischen.

Sie kam um die Abtrennung herum und tauchte ein weiteres Leinentuch in das Wasserbecken, um seine Hand zu versorgen. Als sie so dicht bei ihm stand und seinen Duft einatmete, konnte sie ihren eigenen Herzschlag spüren. Es war ein angenehmes Aroma, das von Kiefernästen und der Natur und sogar dem leichten Schweißgeruch von seiner Brust erzählte. Ihm so nahe zu sein, insbesondere seiner nackten Haut, versetzte sie in Unruhe. George hatte sie nie unruhig gemacht, aber vielleicht war auch ihre tiefe Vertrautheit der Grund dafür.

Von dem Wunsch überwältigt, den Schweiß von seinem dunklen Brusthaar zu wischen, fixierte sie ihren Blick auf seine Fingerknöchel und stellte erfreut fest, dass er nicht ernsthaft verletzt war. »Noch einmal meinen Dank dafür, dass du

meine Ehre verteidigt hast. Ich hoffe, sie werden
dich nicht noch einmal belästigen.« Sie hob seine
Hand an ihre Lippen und drückte ihm einen
sanften Kuss auf die schlimmsten Abschürfungen.
»Es hat meine Jungen immer gefreut, wenn ich
ihre Wunden geküsst habe. Verzeih mir, wenn ich
zu kühn bin.«

Sie schaute zu ihm auf und begegnete braunen
Augen, die plötzlich viel dunkler wirkten. »Es
erfreut auch mich«, meinte er und seine Stimme
klang rauchiger als zuvor. Mit seiner anderen
Hand griff er nach oben und fuhr mit den
Fingerspitzen über ihre Wange. Es war eine zarte
Berührung, welche die Schmetterlinge in ihrem
Bauch flattern ließ.

Als der Augenblick vorbei war, trat er zurück
und griff nach seinem Schwert. » Ich werde
vor der Tür schlafen, damit dich niemand mehr
belästigt.«

Sie antwortete ihm nicht sondern sah ihm
einfach zu, wie er ging, und eine merkwürdige
Sehnsucht erfüllte sie.

Er schloss die Tür, doch dann öffnete er sie
noch einmal weit genug, um den Kopf hindurch
zu stecken. »Und vertraust du jetzt auf deine
eigene Ausstrahlung?«

KAPITEL SECHS

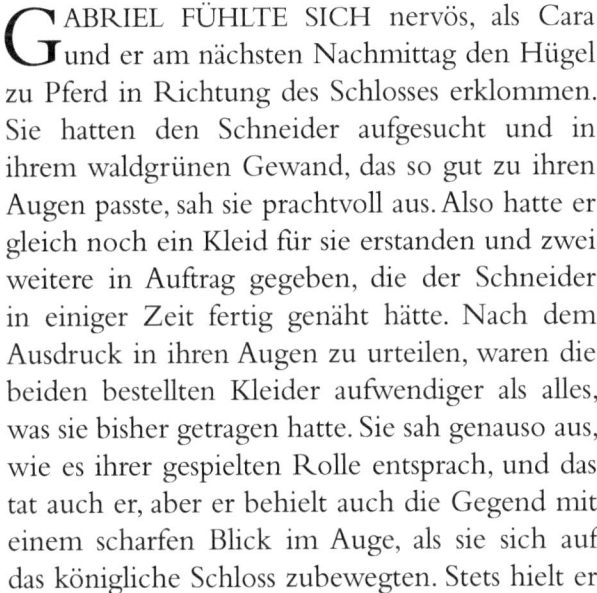

GABRIEL FÜHLTE SICH nervös, als Cara und er am nächsten Nachmittag den Hügel zu Pferd in Richtung des Schlosses erklommen. Sie hatten den Schneider aufgesucht und in ihrem waldgrünen Gewand, das so gut zu ihren Augen passte, sah sie prachtvoll aus. Also hatte er gleich noch ein Kleid für sie erstanden und zwei weitere in Auftrag gegeben, die der Schneider in einiger Zeit fertig genäht hätte. Nach dem Ausdruck in ihren Augen zu urteilen, waren die beiden bestellten Kleider aufwendiger als alles, was sie bisher getragen hatte. Sie sah genauso aus, wie es ihrer gespielten Rolle entsprach, und das tat auch er, aber er behielt auch die Gegend mit einem scharfen Blick im Auge, als sie sich auf das königliche Schloss zubewegten. Stets hielt er nach eventuellen Schwierigkeiten Ausschau.

Es kam ihm in den Sinn, dass er die Tage vermisste, als er den Markt in Berwick besuchen konnte, und das Geplänkel dort das normalste Geräusch war, das zu hören war. Das war zu den Zeiten gewesen, als Engländer und Schotten sich im gleichen Gebiet aufhalten konnten, ohne um ihre Leben zu fürchten … als sie im selben Gasthaus sitzen konnten, um ihr Essen zu genießen und fröhlich zu sein, ohne sich um ihre Lieben sorgen zu müssen.

An den Toren wurden sie aufgehalten und davor hatte Hepple sie gewarnt. »Lord Mac Henry und seine Ehefrau sind für die Zeremonie des Treuegelübdes gekommen.«

Die Wachen ließen sie passieren und zwei Stallburschen eilten herbei. Einer von ihnen half Cara von ihrem Pferd herunter, und dann führten die beiden die Tiere in den Stall.

»Sie müssen gefüttert und abgerieben werden«, ordnete Gabriel an.

»Aye, Mylord.« Der Junge, der ihm antwortete, war nicht größer als Caras ältester Sohn. Wenn der Anblick dieser Jungen ihn an ihre Söhne denken ließ, erwartete er, dass es ihr ebenso erging.

Ein kurzer Blick auf ihr Gesicht sagte ihm, dass er recht hatte. Sie zwinkerte die Tränen fort und blieb stark, was er sehr an ihr bewunderte. An der Tür zum Schloss sprach er die beiden Wachen an, die dort postiert waren und prächtige rote Jacken zu schwarzen Hosen trugen. »Baron Hepple schickt uns, um unseren Treueschwur zu leisten. Uns wurde gesagt, dass wir ein Zimmer im Schloss erhalten würden. Habt ihr einen Raum für die Mac Henrys?«

Die Wachen konferierten miteinander und dann antwortete einer der beiden: »Aye, Ihr werdet im Westflügel unterkommen, Mylord.«

Er nickte den Männern zu, die sie um etwas Geduld baten, während die Nachricht an die

Dienerschaft weitergeleitet wurde. Wenige
Augenblicke später wurden Cara und er auf den
Weg geschickt und bis zum Ende eines Ganges
geführt. Dort wurden sie von einem Diener in
Empfang genommen, der sie umgehend in ein
privates Gemach führte. Auf ihrem Gang zu
ihrem Quartier behielt er ihre Umgebung weiter
im Auge, immer auf der Hut vor möglichen
Bedrohungen.

Selbst mit ihrem geflochtenen Haar und ihrem
unter dem Umhang verhüllten Körper zog
Cara dennoch viele anerkennende Blicke der
Männer auf sich, die sich im Schloss aufhielten.
Ein eigenartiges Gefühl von Beschützerinstinkt
beschlich Gabriel und trieb ihn, sie dichter an
sich heranzuziehen. Lag in seinem Handeln auch
ein Anflug von Besitzanspruch?

Darüber dachte er lieber nicht nach.

Das Zimmer, in das sie traten, war sehr gut
ausgestattet. Offenbar hatte Baron Hepple eine
Nachricht vorausgeschickt und besondere
Vorkehrungen für die Ankunft der Mac Henrys
treffen lassen. Gabriel war ihm für diesen kleinen
Aufmerksamkeitsbeweis dankbar. Cara war zwar
eine schöne Frau, aber sie war auch ausnehmend
temperamentvoll, und ihm war ein wenig bange,
dass diese Eigenschaft hier in Edinburgh zutage
treten würde. Deshalb war es umso besser, dass
sie einen Raum für sich hatten. Hierher konnte
er sie bringen, wenn er ihr sagen musste, sie solle
ihr Verhalten zügeln.

Gabriel sprach dem Diener seinen Dank aus,
der sofort wieder ging. Sobald sie behaglich im

Raum untergebracht waren, schürte er das Feuer und ließ sich in einen Sessel sinken.

Cara stand an einem Fenster mit Blick auf den Innenhof. »Dieser Raum ist riesig. Er ist so groß wie unser Häuschen oder noch größer.« Sie ließ den schweren Teppich vor dem Fenster wieder sinken und drehte sich langsam im Raum, wobei sie die Möbel und die Einrichtung mit einer gelegentlichen Berührung ihrer Hand bewunderte. »Ich hatte keine Ahnung, wie die Mitglieder des Königshauses leben.«

»Alles von deinem Geld.«

»Ich verstehe diese Abläufe nicht«, meinte sie, während sie näher zu ihm kam und sich dann in den leeren Sessel setzte, der ihm am nächsten stand.

»Ganz einfach, meine Liebe. Die Männer verdienen Geld mit ihrer Arbeit, was auch immer das ist, und davon entrichten sie einen Teil an ihren Übergeordneten oder Laird, der seinen Tribut wiederum an den Sheriff und den König zahlen muss.«

»Aber was tun *sie*?«, fragte sie, ganz unschuldig, wie er fand.

»Die Könige? Sie existieren. Oh, sie verhandeln mit den Monarchen anderer Länder, und treffen Entscheidungen darüber, welche Produkte in unser Land gebracht werden sollen, wie beispielsweise Salz oder Seide. Was auch immer sie für richtig halten. Natürlich sind sie es auch, die Entscheidungen über Kriege treffen. Davor fürchten sich alle, obwohl es auch zu ihren Aufgaben gehört, Sorge dafür zu tragen, dass das

Land über eine Streitmacht von Kriegern verfügt,
die das Volk jederzeit beschützen können. Wenn
die Könige sich für einen Krieg entscheiden, liegt
es natürlich auch in ihrer Macht, die gesamte
männliche Bevölkerung des Landes zu zwingen,
alles stehen und liegen zu lassen, um in den
Kampf zu ziehen, den ihr König zum Wohle des
Landes und seines Volkes begonnen hat.«

»Aber woher wollen sie wissen, was für das
Land das Beste ist?«

Er lehnte sich nach vorne, stützte die Ellbogen
auf den Tisch und lachte leise. »Einige Könige
verfügen über das Talent, sich ein Urteil
darüber zu bilden, was das Beste ist. Andere
treffen verheerende Entscheidungen, deren
Konsequenzen wir tragen müssen.«

»Aber können wir, als das Volk des Landes,
nicht Vorschläge machen oder uns zu den
Geschehnissen äußern? Es ist doch auch unser
Land.«

Er fuhr sich mit der Hand durch seine dunklen,
vom Wind zerzausten Locken, um sie zu glätten.
»Ich würde dir zustimmen, so wie die meisten
Philosophen, aber leider betrachten viele Könige
die Dinge nicht so.«

»Und welchen Standpunkt vertritt König
Edward in diesen Fragen?«

Er klatschte in die Hände und antwortete mit
funkelnden Augen: »Das ist die wichtigste Frage,
die sich jeder Angehörige des englischen und
schottischen Adels stellen sollte, aber nur wenige
würden das wagen. Zurzeit ist er der Ansicht, dass

er sowohl England als auch Schottland regieren sollte.«

»Und indem er mein Volk massakriert, meint er, das zu erreichen. Es ist eine Schande, dass ihm keine weniger gewaltsame Möglichkeit in den Sinn kommt, um seine Wünsche zu verwirklichen. Und woran glaubst du, Mylord?«

»Ich habe dir alles gesagt, was du über meine Überzeugungen wissen musst. Du musst bedenken, dass sich die Menschen immer im Krieg befinden werden. Wir konkurrieren miteinander und viele von uns sind machthungrig. Das sind die Männer, die all die Probleme verursachen. Es ist schwierig, einen darunter zu finden, der Frauen und Kinder verschont.«

Es missfiel ihm, ihr die Wahrheit über ihre Situation zu eröffnen, aber sie musste verstehen, dass es sich nicht um einen kleinen Aufruhr handelte, der schnell beigelegt sein würde. Sie musste sich auf eine langfristige Situation vorbereiten. Dann fügte er hinzu: »Manche glauben, dass es einen Schwachsinnigen braucht, um als Monarch zu regieren.«

»Oder eine Frau, die den Verstand verloren hat? Glaubst du, eine Frau kann tun, was ein Mann kann?«

»Ich glaube, dass viele Frauen die Intelligenz zum Regieren haben, aber es braucht eine gewisse Kaltblütigkeit, um das Richtige zu tun. Außerdem sind häufig und schnell Entscheidungen zu treffen. Hast du die Entscheidungen für deine Familie getroffen?«

Sie dachte ernsthaft über seine Frage nach.

»Ich habe kleine Entscheidungen getroffen, die
mein Mann mir anvertraut hat, wie zum Beispiel,
welche Wäsche ich waschen oder was ich kochen
soll, aber die großen Entscheidungen, die uns
alle betrafen, hat er allein getroffen. Seine letzte
Entscheidung war, nicht mit seinem Bruder in
die Highlands zu gehen. Er hat mich bei dieser
Entscheidung nicht konsultiert, obwohl ich ihm
meine Meinung dazu mitgeteilt hatte. Dies sei
die Entscheidung eines Mannes und nicht die
einer Frau, war mir gesagt worden. Glaubst du,
dieser Mann war klüger als diese Frau?«

Gabriel blickte sie mit hochgezogener
Augenbraue an. Es erstaunte ihn, dass ihr
Ehemann sich so geirrt hatte. Seine Familie war
fortgegangen und er hatte sich zum Bleiben
entschlossen, und nicht nur sich, sondern auch
die anderen dem sicheren Tod ausgeliefert und
seine Frau samt seinen Söhnen einer Entführung.

»Wie ich sagte, sind manche Männer
schwachsinnig, wenn sie Entscheidungen
treffen.« Es würde sich für keinen von ihnen
beiden als nützlich erweisen, diese Unterhaltung
fortzusetzen, also stand er auf und stocherte im
Feuer, ehe er meinte: »Warum ruhst du dich
nicht ein wenig aus, und ich werde inzwischen
in die große Halle gehen, um in Erfahrung
zu bringen, welche Arrangements für die
Neuankömmlinge getroffen werden, die König
Edward den Treueschwur leisten wollen.« Ehe er
hinausging, fügte er noch hinzu: »Und ich würde
dir raten, keine Fragen in der Halle zu stellen,
wo du belauscht werden könntest. Es könnte

als verräterisch erachtet werden. Sperr die Tür hinter mir ab und lasse niemanden ein, bis ich wiederkomme.«

Als er ging, zog er seine Hose und das Hemd zurecht, denn er war nicht daran gewöhnt, sich so zu kleiden, wie der Schneider ihn ausstaffiert hatte. Der Mann hatte ihn mit jedem einzelnen Kleidungsstück ausgestattet, das ein schottischer Lord im Beisein der Majestät tragen würde.

Unbequem oder nicht, würde er seine Rolle spielen. Aus seiner Perspektive sahen die Dinge gut aus. Sie waren weit von Baron Hepple entfernt, sie würden im Schloss wahrscheinlich mit feinen Speisen verköstigt werden und mit etwas Glück wäre Cara in der Lage, herauszufinden, was viele der Schotten über König Edward dachten. Er würde sich ebenfalls nach Kräften bemühen, aufzudecken, was immer er konnte.

Gerade war er im Begriff, die Halle zu betreten, als eine Frau aus einer Nische trat. »Meine Güte, Ihr seid aber sehr schmuck, Mylord. Seid Ihr an einem königlichen Leckerbissen interessiert?«

Sie stemmte die Hand in die Hüfte und ihr auffälliges Kleid in Rot und Silber funkelte im Licht des nahen Fackelscheins.

Er legte ihr seine Hand in den Rücken. »Vielleicht ein anderes Mal, meine Süße. Ich werde drinnen erwartet.« Dann zwinkerte er und ging. Obwohl es ihm zuwider war, die Rolle des Dandys zu spielen, wusste er, dass es in einem Schloss dieser Größe immer neugierige Augen gab. Es war interessant, wie schnell sie aus der Nische gekommen war.

»Schade, mein Schöner«, rief sie ihm hinterher. »Du bist ein großes Mannsbild. Ich würde wetten, das bist du überall.«

Er schritt weiter auf die Halle zu, drehte sich dann aber rasch noch einmal um und hielt nach dem Küchentrakt Ausschau. Seiner Vermutung nach, musste es in einem Schloss dieser Größe sowohl eine integrierte als auch separate Küchen geben. Die Menschenmasse, die hier verpflegt wurde, überstieg wahrscheinlich alles, was er je auf einmal gesehen hatte. Er trat nach draußen, um nach den externen Küchen zu suchen – und traf dabei genau auf die Person, die er zu finden gehofft hatte: den Koch des Schlosses. Harold war ein großer Mann mit einem Bauch, der von seiner Vorliebe für die von ihm zubereiteten Speisen zeugte, aber er hatte ein Herz aus Gold.

»Gabriel, ich hatte nicht erwartet, dich hier anzutreffen«, sagte der Mann und klopfte ihm auf die Schulter. »Seit wir uns das letzte Mal gesehen haben, ist viel Zeit vergangen. Was führt dich so weit nördlich der Grenzgebiete?«

»Pst. Ich habe gehört, dass du hier bist. Ich bin gekommen, um dir zu sagen, dass ich meine Identität gewechselt habe. Ich trage den Namen Mac Henry und habe eine Frau bei mir.«

»So bald nach Della? Obwohl ich denke, dass es ein kluger Schritt für dich ist.«

»Es ist eine List, aber ich mag sie, also sei bitte nett zu ihr. Stell mir nicht so viele Fragen.« Er berührte den Mann an der Schulter. Sie waren gute Freunde gewesen, als Della und er im Grenzgebiet gelebt hatten, doch all das hatte sich geändert, nachdem König Edward mit seinem Vernichtungsschlag begonnen hatte. »Ich freue mich, dich zu sehen, Harold.«

»Spionierst du?«, fragte Harold flüsternd.

»Das ist unser Geheimnis, mein Freund. Behalte es für dich, bitte.«

»Meine Lippen sind versiegelt, aber ich muss eiligst zur hinteren Küche gehen. Wenn du irgendetwas brauchst, lasse mir dort eine Nachricht zukommen. Hoffentlich kreuzen sich unsere Wege wieder. Viel Glück für dich.«

Gabriel entfernte sich und kehrte durch die Vordertür zurück, an den Wachen vorbei, die ihn gerade hatten gehen sehen. Er bahnte sich einen Weg durch das Labyrinth der Gänge, wobei er so viel wie möglich erkundete, und dann lenkte er seine Schritte in die große Halle zurück, wo er über die vielen verschiedenen Plaids überrascht war, die hier zu sehen waren.

Viele waren hier, um ihren Treueeid abzulegen. Wie viele taten das in aller Aufrichtigkeit?

Er holte sich ein Ale und setzte sich an einen Tisch zu drei Männern. Die anderen hießen ihn mit einem Nicken willkommen und ihr Auftreten war freundlich. »Ich grüße Euch. Meine Frau und ich sind gerade angekommen. Wann gibt es das Essen und wann findet die Zeremonie für den Treueschwur statt?«

»Das Essen beginnt, sobald die Sonne untergeht«, meldete sich einer der Männer zu Wort. »Dieser Abend wird von Spielleuten bestritten und er wird voller Frohsinn sein. Euren Treueschwur werdet Ihr am nächsten Tag leisten.«

Perfekt. Cara würde heute Abend ihren Zauber spielen lassen müssen.

Er betete, dass sie erfolgreich sein würde, obwohl ihn die Vorstellung, wie sie ihre besten Seiten an einem anderen Mann rieb, dazu brachte, sie am liebsten in ihrem Raum einsperren zu wollen. Viel lieber würde er die ganze Nacht mit ihr schlafen und ihr etwas über Vergnügen beibringen.

Stattdessen würde er unter einem der stärksten unsichtbaren Schmerzen zu leiden haben.

Eifersucht.

Cara konnte das Zittern nicht verhindern, das ihren Körper erfasst hatte. Eines der opulenten Kleider war eingetroffen, aus einem wunderschönen Dunkelblau mit goldenen Verzierungen. Noch nie hatte sie etwas so Elegantes getragen. Gabriel hatte eine Kammerzofe in ihr Gemach kommen lassen, die ihr mit der Frisur half, die nun wunderschön war. Sie hatte sich so oft bei dem Mädchen bedankt, dass Gabriel sie schließlich anfunkelte, damit aufzuhören.

Er hatte sie schön genannt, und zum ersten Mal in ihrem Leben *fühlte* sie sich schön. Jetzt musste sie nur noch tun, was ihr befohlen worden war, nämlich so viele Informationen wie möglich über die vielen Schotten hier zu sammeln. Bei dem Gedanken daran fühlte sie sich schuldbewusst und verlogen – was würde George wohl von ihr denken? Aber es ging um das Wohl ihrer Kinder. Während es ihm mehr darum gegangen war,

Stellung zu beziehen, als ihre Söhne zu schützen, hatte sie nicht so empfunden. Sie würde alles für ihre Söhne tun. Wirklich alles. Wie sehr sie es hasste, nicht zu wissen, wer sich um sie kümmerte oder wie es ihnen ging.

Nachdem sie sich gewaschen hatte, ließ sie sich von Gabriel zur großen Halle führen. Sie wurden langsamer, als sie den riesigen Saal betraten, und er beugte sich vor, um ihr etwas ins Ohr zu flüstern, wobei sein warmer Atem ihr einen Schauer über den Rücken jagte. »Du bist heute Abend wunderschön, Mädchen.«

Sie dankte ihm, flüsterte aber zurück: »Wohl kaum ein Mädchen.«

»Du wirst immer mein Mädchen sein«, entgegnete er mit einem Zwinkern.

Die große Halle war voller Menschen. Feiernde und Schotten hatten jeden Winkel besetzt, doch die Engländer hatten der Zusammenkunft ihren Stempel aufgedrückt. Viele englische Soldaten und Ritter standen Wache, als Warnung für die zahlreichen Schotten.

Wenn sie sich auch auf schottischem Boden und in einem schottischen Schloss befanden, unterstanden sie König Edwards Kontrolle. Wie froh war sie, dass er nicht anwesend war. Sie wäre in Versuchung geraten, *ihm* ebenso in die Finger zu beißen, wie dem Baron.

Da sie unter sich waren und auf das Auftragen der Speisen auf den zahlreichen Tischen warteten, flüsterte sie ihm zu: »Meinst du, es wird funktionieren?«

»Ja. Halte dich an das, was ich vorgeschlagen

habe. Wenn das Mahl vorbei ist, kannst du dich entfernen, als ob du den Erfrischungsraum benutzen wolltest, doch das machst du ganz langsam. Glaube mir, wenn ich dir sage, dass du verfolgt werden wirst. Flirte und reibe dich an deinem Verehrer. Du wirst deine Antworten bekommen, aber überstürz nichts. Erlaube ihnen, dir den Weg zu zeigen. Ich werde stets aufpassen, also fürchte nicht, dass es zu weit gehen wird.«

Sie aß wenig, denn ihr Magen war für die schwere Kost zu empfindlich. Verloren wie ein kleines Kind, wanderte ihr Blick unablässig durch die Halle und sie fragte sich, welcher Schotte es wohl wagen würde, ihr nachzugehen.

»Wenn du alle Männer anstarrst, werden sie keine hohe Meinung von dir haben. Es ist besser, den ängstlichen Blick auf deinem Gesicht loszuwerden und so zu tun, als würdest du deinen Ehemann erfreuen«, riet er, wobei er ihr seinen Arm um die Schultern legte. »Gestatte mir, dich zu füttern, meine Süße.«

Sie drehte sich, um ihn anzusehen und war von seinem Selbstbewusstsein verblüfft. Und auch seiner Stärke und seinem guten Aussehen. Sein braunes Haar war frisch gewaschen und lockte sich nur an den Spitzen. Bei seinem Anblick in der vollen schottischen Tracht geriet ihr Inneres ins Flattern. Kein Mann hatte je einen solchen Eindruck auf sie gemacht. Vielleicht sollte sie für diese Gedanken ein schlechtes Gewissen haben, aber sie konnte die Art und Weise nicht vergessen, wie George sie in Gefahr gebracht hatte. Wie er von ihr und ihren Söhnen verlangt hatte, sich zu opfern. Dennoch. Warum musste der gutherzigste Mann, dem sie je begegnet war, ein Engländer sein?

»Du wirst ihn dir nicht aussuchen können. Er wird auserwählt, wenn er die Halle verlässt und dir folgt. So einfach ist das, gleichwohl ich mein Augenmerk auf einige gerichtet habe, von denen ich glaube, dass sie ergiebiger für dich sein werden.« Er stieß sein Messer in ein Stück gebackenen Apfel. »Probiere dies, Mädchen. König Edward schickt seinen Köchen Gewürze. Dieser Apfel ist mit Zimt bestreut.«

Sie machte große Augen, als sie den warmen Apfel mit der Zunge berührte. Der Geschmack war anders als alles, was sie je versucht hatte. Sie nahm das Stück an, das er ihr hinhielt, und biss in die süße Köstlichkeit, um dann ein kleines, lustvolles Stöhnen auszustoßen.

Jedenfalls dachte sie, es sei ein kleines Stöhnen gewesen. Offensichtlich war es nicht so, wie sie gedacht hatte, denn die vier Männer am Nachbartisch wandten die Köpfe, um sie mit offenem Mund anzustarren.

Errötend kaute sie auf ihrem Leckerbissen, wobei sie die Augen auf Gabriel gerichtet hatte. »Sie starren mich an.«

»Verzweifle nicht. Das ist genau, was ich erhofft hatte, aber noch wichtiger ist die Frage … magst du den Zimt?«

»Ich habe noch nie etwas Ähnliches probiert. Es schmeckt sehr gut«, flüsterte sie und mit einem schnellen Grinsen und einer kurzen

Kopfbewegung deutete sie an, dass sie gern noch einen weiteren Bissen hätte.

»Mehr, meine Hübsche?« Er wackelte mit seinen dunklen Augenbrauen und spießte ein weiteres Stück Apfel mit seinem Messer auf. Er hielt es ihr hin und sie probierte den Bissen zuerst mit der Zungenspitze, ehe sie hineinbiss, wobei sie ihr wonniges Stöhnen dieses Mal unterdrückte.

Doch die Männer starrten immer noch.

»Es ist an der Zeit für dich, den Erfrischungsraum aufzusuchen. Ich werde dich dorthin begleiten, aber dann werde ich zurückbleiben. Mach dir keine Sorgen. Ich werde dich immer im Auge behalten.«

Sie stand auf und er gesellte sich zu ihr, während er ihr seine Hand in den Rücken legte. Es waren nicht viele Ehefrauen anwesend, wozu sie ihm später eine Frage stellen wollte. Wie Gabriel gesagt hatte, folgten ihr viele Blicke, als sie auf den Gang zuhielt.

Gabriel hatte recht. Mehrere Männer standen auf, um ihr zu folgen.

Die Musikanten kreuzten ihren Weg, als sie in die Halle eintraten, um sich darauf vorzubereiten, die vielen Menschen zu unterhalten, die drinnen beim Essen saßen. Sie blickte sich in beide Richtungen um, doch Gabriels feste Hand lag in ihrem Rücken und dirigierte sie in Richtung des Erfrischungsraums. Er blieb stehen, um sich mit jemandem zu unterhalten, und machte ihr ein Zeichen, allein weiterzugehen.

Das tat sie mit hoch erhobenem Kinn, und ihr Hüftschwung war eine Spur betonter als gewöhnlich. Sie erledigte ihre Bedürfnisse, ohne jemanden zu sehen, doch sobald sie auf den Gang trat, kam ein Mann aus einer Nische, um unmittelbar vor ihr stehen zu bleiben. »Seid gegrüßt, Mylady. Ihr seid von erlesener Schönheit. Wie ist Euer Name?«

»Cara, Mylord. Und Ihr seid?«

»Seamus. Seid Ihr verheiratet?«

»Aye, aber mein Ehemann und ich haben eine besondere Absprache.« Gabriel und sie hatten über verschiedene Möglichkeiten gesprochen, wie sie sich Männern nähern und deren Fragen beantworten könnte.

Seamus antwortete ihr mit einem listigen Grinsen, das er mit einem Augenzwinkern unterstrich. Dann beugte er sich vor, um ihr ins Ohr zu flüstern. »Das freut mich sehr.«

Sie beugte sich absichtlich zu ihm und streifte ihn dabei mit den Brüsten, obwohl sie bezweifelte, dass sie damit die von Gabriel versprochene Reaktion hervorrief.

Doch genau das geschah. Sie hörte, wie der Mann die Luft einsog. Zu ihrer Überraschung zog er sie dicht an sich und küsste sie auf die Lippen, was sie nicht im Mindesten erregend fand.

Er beendete den Kuss abrupt und meinte: »Du hast dich nicht für mich geöffnet.«

»Wir haben uns gerade erst kennengelernt. Wie soll ich wissen, ob du ein wahrer Anhänger unseres Königs bist oder ob du vorhast, in die Wälder zu flüchten?« Rasch kam ihr Gabriels Vorschlag in den Sinn. »Ich öffne mich nicht für alle.« Sie warf ihm einen listigen Blick zu und bewegte dabei vielsagend die Augenbrauen.

Seamus senkte die Lippen an ihr Ohr und meinte: »Ich habe gehört, dass viele sich in die Wälder der Highlands begeben, sobald sie von hier fortgehen. Tust du das? Wenn dem so ist, werde ich dich finden.«

Glücklicherweise kam ein anderer Mann des Weges, der sich räusperte, und so trat sie rasch zurück, wobei sie Seamus´ Unterarm sinken ließ. Während Seamus wie sie rothaarig war, besaß dieser Mann dunkles Haar. Er war groß und sehr gut aussehend. Seamus ging davon und warf ihr ein flüchtiges Lächeln zu, sobald er an dem neuen Mann vorbei war.

»Mylady, braucht Ihr Hilfe?«, fragte der näher kommende Mann, dessen Stimme tief und rauchig war. »Nein, mir geht es gut. Ich muss zu meinem Ehemann zurückkehren.« Sie machte Anstalten, an ihm vorbeizugehen, doch er fasste sie am Ellbogen, um sie aufzuhalten.

»Bitte, gestattet mir, Euren Namen zu erfahren«, flüsterte er. »Ich habe nicht oft Gelegenheit, eine schöne Frau wie Euch anzuschauen. Euer rotes Haar ist traumhaft«, meinte er und hielt inne, um ihr in die Augen zu sehen. »Und Ihr habt die grünen Augen einer wahren Schottin, Mylady.«

Seine waren silbergrau und schienen ihr bis in die Seele blicken zu können.

»Mein Name ist Cara. Ihr müsst mir Euren Namen verraten. Wer seid Ihr?«

»Mein Name ist Grainger.« Er trat einen Schritt näher und nun war er so nahe, dass sie sich fürchtete, was er als Nächstes tun könnte. Auf dieses Maß von Heuchelei war sie nicht vorbereitet. »Eure Halskette ist einzigartig, wenn auch das Blau nicht mit Euren Augen harmoniert.«

Wer *war* dieser Mann?

Kapitel Sieben

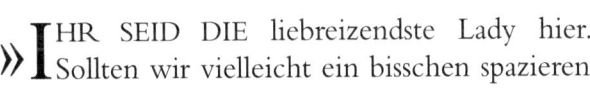

»**I**HR SEID DIE liebreizendste Lady hier. Sollten wir vielleicht ein bisschen spazieren gehen?«

»Aye«, antwortete sie. Ihre Stimme klang gepresst, denn sie wusste einfach nicht, was sie von diesem Mann halten sollte. Oder von dieser Situation.

Er führte sie von der Richtung weg, in der Gabriel stand, der mit einem Mann tief ihm Gespräch versunken war. Ohne die Aufmerksamkeit seines Gegenübers im Geringsten zu erregen, warf Gabriel ihr einen schnellen Blick zu – es war eine stille Warnung, vorsichtig zu sein – und antwortete beiläufig auf eine Frage. Wie sie sich wünschte, seine Selbstbeherrschung zu haben. Der Körper des Fremden fühlte sich kräftig an ihrem eigenen an und er streifte sie auf eine intime Art und Weise, die sie verwirrte. George hätte sie nie gestreift, wenn andere es hätten sehen können.

»Warum seid Ihr hier?«, fragte er.

»Um König Edward meinen Schwur zu leisten,

natürlich. Seid Ihr aus einem anderen Grund hier?«

»Ich bin aus dem gleichen Grund gekommen, aber ich bin mehr an Euch interessiert. Sagt mir, wir loyal Ihr zu König Edward seid? Seid Ihr eine echte Schottin?«

Sie hatte keine Ahnung, wie sie darauf antworten sollte. In ihrem Herzen war sie das ehrlich, obwohl vielleicht nicht so sehr wie George. Ihr Ehemann war der Sache so ergeben gewesen, dass er versucht hatte, seine gesamte Familie auf seinem Altar zu opfern. Sie würde ihre Jungen unter allen Umständen beschützen. Abgesehen davon wusste sie inzwischen, dass es gute wie auch grausame Engländer gab. Und so wich sie der Frage aus. »Ich höre, dass viele in die Wälder gehen.«

»Aye, zusammen mit unseren wahren Anführern, Wallace und Bruce. Wärt Ihr bereit, uns zu helfen?«

Von seiner Frage verblüfft haderte sie, ihre Antwort zu formulieren. Doch letztendlich bestand keine Notwendigkeit mehr dazu.

Gabriel kam den Gang entlang. »Hier bist du ja, mein Liebling. Ich dachte, du hättest dich verirrt.«

In Graingers Augen flackerte etwas auf, aber er drehte sie herum und blieb an ihrer Seite stehen. »Sie hatte sich verirrt. Ich habe mir Mühe gegeben, sie in die Halle zurück zu führen, aber ich habe mich selbst ein bisschen verlaufen. Grainger Keegan. Und Ihr?«

»Gabriel Mac Henry. Dies ist meine Frau, Cara.

Meinen Dank, dass Ihr Euch um sie gekümmert habt.«

Grainger nickte ihr zu und ohne ein weiteres Wort ging er davon.

»Hast du etwas von ihm erfahren?«, fragte Gabriel, sobald er außer Hörweite war.

»Nein«, log sie, aus Angst, etwas über Grainger zu sagen. Bei ihrem Kennenlernen hatte sie ein merkwürdiges Gefühl beschlichen. Es war fast so, als hätte sie ihn zuvor schon einmal getroffen. Sie wollte ihre Unterhaltung nicht erwähnen, weil sie sich nicht ganz sicher fühlte, wie sie darüber dachte.

Er hatte sie aufgefordert, Wallace und the Bruce zu unterstützen. Ein Teil von ihr sehnte sich danach, genau das zu tun, aber wie konnte sie Schottland helfen, ohne ihren Söhnen zu schaden?

Sie wollte das Thema nicht vertiefen und so wechselte sie rasch zu ihrer Begegnung mit dem ersten Mann. »Ich habe einen Mann namens Seamus kennengelernt und er hat genau das getan, was du gesagt hattest. Ich habe ihn gestreift, und ehe ich mich versah, erzählte er mir, dass eine ganze Reihe Schotten in die Wälder flüchten wollten, sobald sie Edinburgh verlassen hätten. Er wollte noch etwas sagen, aber Grainger unterbrach ihn.«

»Gut! Hat er gesagt, ob er sich ihnen anschließen würde?«

»Aye, aber er sagte nicht mehr viel, weil du zu uns gestoßen bist.«

»Du hast ein großartiges Debut gehabt. Und sie haben dich nicht missbraucht?«

»Nein«, antwortete sie mit einem Seufzen. »Sie haben mich beide für meinen Geschmack über Gebühr berührt, aber du hast mir gesagt, das sei notwendig.«

»Aye. Du bist still. Bist du sicher, dass darüber hinaus nichts geschehen ist?«

»Nichts. Dies ist alles so neu für mich. Das königliche Schloss, das Essen, die Kleider. Es ist ein bisschen viel. Muss ich noch viel länger hier unten bleiben?«

»Aye, wir können noch nicht verschwinden. Komm wieder mit hinein und wir werden umhergehen und sehen, wem wir sonst noch begegnen.«

Sie nickte, doch in Gedanken war sie bei Bryan und Brice. Was taten sie gerade? Hatten sie es warm und bekamen sie genug zu essen? Obwohl sie wusste, dass er es ihr wahrscheinlich nicht sagen würde, konnte sie ihre Frage nicht länger zurückhalten. »Wenn ich dies tue, werde ich meine Jungen dann in einer Woche zurückhaben? Sind sie bei jemandem deines Vertrauens?«

»Aye, sie sind in Sicherheit. Ich habe dir gesagt, dass gut für sie gesorgt wird. Hast du kein Vertrauen in mich? Insbesondere nachdem ich gesagt habe, dass Kinder keine Kriegsopfer werden sollten? Was die Frage anbelangt, wann du sie besuchen kannst, werden wir sehen. Ich kann diese Entscheidung nicht treffen. Wenn du den Baron froh stimmen willst, wirst du ihm etwas Handfestes vorlegen müssen. Du musst weiter

fragen. Wenn wir ihm Neuigkeiten bringen, bin
ich sicher, dass du dir zumindest einen Besuch
bei deinen Jungen verdienen wirst.«

Sie konnte nicht anders als enttäuscht über
diese Aussicht sein, so sehr wünschte sie sich, dass
diese Scharade vorüber wäre.

Sie wollt ihre Söhne zurück.

Gabriel wusste, dass sie im Hinblick auf Keegan
gelogen hatte, aber nicht, warum. Warum wollte
sie ihm nicht erzählen, was der Mann gesagt
hatte? Seiner Vermutung nach musste dies einen
von zwei Gründen haben. Entweder hatte der
Mann einen derart groben Vorschlag gemacht,
dass sie sich schämte, ihn zu wiederholen, oder er
hatte sich ihr auf andere Weise angetragen.

Aber auf welche Weise?

Er legte ihr die Hand in den Rücken und
führte sie in die große Halle zurück, in der die
Musikanten ihre Instrumente spielten und einige
Paare tanzten. Die meisten Gäste unterhielten sich
oder schlenderten umher. Ein Rundblick durch
die Halle sagte ihm, dass die Unterhaltungen
wahrscheinlich nicht von der Art waren, die
er gern belauschen würde. Die Leute würden
inmitten so vieler wachsamer Augen keine
Unterhaltungen über private Themen führen.

Er hegte keinen Zweifel daran, dass viele der
Schotten König Edward trotz aller Schwüre
nicht treu wären. Seiner Vermutung nach war
mindestens die Hälfte von ihnen hier, weil sie

Vergeltungsmaßnahmen gegen ihre Clans oder engsten Familienmitgliedern fürchteten.

Er zweifelte nicht daran, dass sie guten Grund hatten, sich zu fürchten. Der Krieg war für alle, die daran teilhatten, eine hässliche Zensur.

»Sollen wir umhergehen und lauschen?«, flüstert er seiner Gefährtin zu. Wenn er auch zweifelte, dass sie etwas Brauchbares zu hören bekämen, würden sie vielleicht zumindest eine bessere Vorstellung davon erhalten, wer anwesend war.

Sie nickte, doch er bemerkte den Blick, den sie quer durch die Halle zu Grainger warf. Der Mann starrte sie mit einem flehenden Blick an. Was hatte er zu ihr gesagt? Gabriel konnte sehen, das sie sich zu ihm hingezogen fühlte, aber warum? Vielleicht müsste er mit dem Mann morgen in aller Frühe ein privates Wort wechseln. Seine Befürchtung war, das Grainger Keegan zu sehr an ihr interessiert sein könnte.

Aye, er war eifersüchtig und das wusste er, aber es war auch seine Aufgabe, für ihre Sicherheit zu sorgen.

Sie schlenderten von einer Gruppe zur nächsten, und blieben dabei gelegentlich stehen, aber die Unterhaltungen, die sie mitanhörten, schienen oberflächlich und bedeutungslos zu sein. Als sie endlich bei Graingers Bereich im hinteren Teil des Raums angelangt waren, fädelte Gabriel eine Unterhaltung mit dem Partner des Mannes ein, da er hoffte, dass Cara sich wieder mit dem grauäugigen Schotten unterhalten würde. Er musste ihm zuhören und eine Vorstellung davon bekommen, worüber die beiden sich vorhin unterhalten hatten.

Grainger ergriff die Gelegenheit, sich hinüberzubeugen und ihr ins Ohr zu flüstern. »Flieht mit mir in die Highlands.« Gabriel hatte es deutlich gehört. »Fort vom König. Fort von den Kämpfen.«

Pure Wut erfüllte Gabriel. Er wollte diesen Mistkerl an der Kehle packen und erdrosseln. Oder ihn vielleicht mit dem Messer attackieren und ihm die Hoden abschneiden. Was glaubte er, wer er war, um einer Frau, die er für Gabriels Ehefrau halten musste, solch einen Vorschlag zu machen?

Und das direkt vor ihm?

Gabriel beendete die Unterhaltung, die er mit dem anderen Mann geführt hatte und drehte sich zu Grainger um. Er war ein bisschen größer als der Schotte, aber abgesehen von dieser Abweichung waren sie sich ebenbürtig. »Sie wird nirgends mit Euch hingehen«, meinte er und ließ keinen Zweifel daran, dass er jedes Wort gehört hatte. Und er legte die Hand an den Griff seines Schwerts, um seine Botschaft zu unterstreichen.

Grainger tat das Gleiche. »Vielleicht fühlt sie etwas anderes.«

Obwohl ein Teil von ihm den arroganten Mann gleich hier in der Halle herausfordern wollte, waren sie nicht hier, um die Aufmerksamkeit auf sich zu lenken. Also drehte er sich zu Cara um und meinte: »Komm Liebste, ich bin der Gesellschaft hier leid.«

Sie legte ihre Hand in die seine und folgte ihm

aus der Halle, aber nicht ohne einen letzten Blick über ihre Schulter zu werfen.

Sobald sie wieder in ihrem Zimmer waren, konnte er sich nicht mehr im Zaum halten. »Bist du von Sinnen? Du lässt ihn glauben, dass du mit ihm fortgehen würdest?« Er ging im Raum umher, während sie neben dem Kamin stand und an den Bändern und Schleifen auf der Rückseite ihres Kleides zog, und sich dabei auf eine Weise anstellte, die ihm sagte, dass sie solche feinen Gewänder nicht gewöhnt war.

Er blieb vor ihr stehen und forderte sie auf: »Dreh dich um. Ich werde deine Bänder aufknüpfen. Ich hoffe doch, du weißt, was hier auf dem Spiel steht.«

»Ich verstehe«, antwortete sie schließlich. Stille senkte sich über ihn, als er ihre Bänder vorsichtig aufnestelte und mit seinen Fingern dabei gelegentlich über die weiche Haut auf ihrem Rücken strich und er sich dabei von oben bis nach unten, zu dieser verlockenden Rundung bewegte. Dort gehörten seine Lippen hin, wo er mit seinen Händen nach unten greifen und ihren Hintern liebkosen konnte.

Er fuhr sich mit der Hand durch den wohlgestutzten Bart und gab sich die größte Mühe, die wilden Triebe seines verräterischen Körpers zu zügeln. Tatsächlich wünschte er sich, sein Bart würde bis zu seiner Brust reichen, damit er ihn sogar noch mehr zupfen konnte, doch er hielt ihn kurz. Er brauchte etwas, um sein Bedürfnis nach dieser Frau zu befriedigen, und seine Eifersucht. Je länger er mit ihr zusammen war, desto härter war es, gegen seinen Drang anzukämpfen. Als er mit dem Aufschnüren des Kleides fertig war, wirbelte sie herum und schaute ihn an, wobei sie ihm gegen die Brust stieß. »Du glaubst, ich wüsste nicht, was auf dem Spiel steht, und dass meine Jungen nicht bei mir sind? Ich denke jeden einzelnen Moment des Tages daran. Du hast mich in eine neue Welt geschickt und mir aufgetragen, zu flirten. Das habe ich getan. Wie hätte ich vermeiden sollen, dass der Mann mir einen Vorschlag macht? Dieser Mann hätte mir mehr über die Highlands erzählt, wenn du ihn gelassen hättest. Er hat nichts Unangemessenes getan. Wenn er das allerdings getan hätte, dann sag mir bitte wie ich ihn hätte hindern sollen, denn ich weiß nicht, wie ich einen Mann, der stärker ist als ich, davon abhalten soll zu tun, was er wünscht. Ich will dies einfach zu Ende bringen und zu meinen Jungen zurückkehren. Zum Teufel mit euch allen.«

Sie ließ ihn stehen und trat hinter die Abtrennung, um ihre Kleider auszuziehen.

Gabriel fühlte sich wie ein Mistkerl.

Er konnte in nichts widersprechen, was sie sagte. Sie war in einer neuen Situation mit einem fremden Mann und sie war bei weitem die schönste Frau in der Halle. Hier waren zweihundert Männer und eine Handvoll Frauen und sie war mit Leichtigkeit die Schönste.

Was hatte er gedacht, was passieren würde?

Er verfluchte sich, als er sie ins Bett gehen hörte, und schwor, sich am Morgen zu entschuldigen. Himmel, aber er hasste diesen Auftrag auch.

Denn in Wahrheit war seine Eifersucht, sie mit einem anderen Mann zu sehen, mehr als er ertragen konnte.

Die Zeremonie des Treueschwurs war die stillste Zusammenkunft, die Cara je erlebt hatte. Sie hatte Schwierigkeiten, die notwendigen Worte zu wiederholen, aber sie sagte sich, dass die Leben ihrer Jungen davon abhingen, dass sie diesen Schwur leistete, ob gefälscht oder echt. Gezwungen oder nicht.

Die meisten der in Edinburgh versammelten Menschen empfanden wahrscheinlich genauso, obwohl sie bemerkte, dass Grainger Keegans Worte laut und deutlich klangen, was keineswegs ihren Erwartungen entsprochen hatte. Er stand weit hinter ihnen, doch seine Stimme hallte in dem mit Teilnehmern gefüllten Saal wider. Gabriel und sie verhielten sich beide ruhiger und zurückhaltender. Sie taten, was man von ihnen verlangte, ohne zu ausgelassen zu sein, und sie hielten sich so weit wie möglich im Randbereich auf. Das Festmahl an diesem Abend war eine feierliche Angelegenheit.

Einige der Gäste hatten für den nächsten Tag ihren Heimweg geplant, doch viele andere blieben, da man ihnen für den Abend einen Schmaus mit Wildschwein und Wildbret und weiteren Musikanten und Spielleuten zur Unterhaltung in Aussicht stellte.

»Dieser Abend wird für uns beide von sehr großer Bedeutung werden«, sagte Gabriel zu ihr, als sie draußen durch die Gärten schlenderten. »Du musst diejenigen ausfindig machen, die am ehesten Geheimnisse ausplaudern werden. Ich werde dir bei der Auswahl der besten Kandidaten helfen.« Es waren noch andere in der Nähe, und so behielt er seinen Dialekt bei, der zu seiner schottischen Tracht passte.

»Bitte tu das. Ich kenne niemanden, der Geheimnisse verrät, ohne mir dabei Angebote zu machen«, flüsterte sie. Männer wie Grainger beunruhigten sie. Sie taten so, als sorgten sie sich um sie, wenngleich sie sie nicht wirklich kannten. Sie war unsicher, wie sie reagieren sollte.

»Du musst vorsichtig sein, aber sei versichert, dass ich immer in der Nähe sein werde.« Gabriel blieb stehen, um sich mit einem Mann zu unterhalten, den sie nicht kannte. Das Lächeln, das er dem Mann schenkte, war echt und voller Wärme, und so war sie nicht überrascht, als er den anderen vorstellte: »Das ist Harold. Er ist schon seit vielen Jahren ein Freund. Harold, bleibe einen Moment bei ihr, wenn es dir nichts ausmacht.«

Als sein Freund mit einem Nicken antwortete, drehte Gabriel sich um und ging ins Haus zurück.

Harold trat näher zu ihr. »Mylady, Ihr seid eine entzückende Frau. Bitte seid vorsichtig. Ich habe Gerüchte über eine schöne Frau hier gehört, und ich nehme an, sie beziehen sich auf Euch. Denkt daran, dass viele der Menschen, die Ihr hier trefft, nicht das sind, was sie zu sein scheinen.«

Sie war sich nicht sicher, was sie von diesem großen Mann mit dem dicken Bauch halten sollte, aber er hatte gütige Augen. »Was wollt Ihr damit sagen?«

»Dieses Schloss wird von den Engländern geführt, aber vor nicht allzu langer Zeit stand es unter der Aufsicht der Schotten. Alle Engländer sind froh darüber, aber nicht alle Schotten. Hütet Euch vor allem, was ein Schotte Euch erzählt. Sie mögen ihrem Land oder dem König gegenüber loyal sein. Und viele werden es nicht wagen, Euch die Wahrheit zu sagen.«

Sie dachte einige Augenblicke über diese Bemerkung nach und erkannte, dass etwas Wahres an seinen Worten war.

Wozu gehörte Grainger?

Als Gabriel zurückkehrte, bedankte er sich bei Harold und geleitete sie dann zurück ins Schloss, wobei er ihr seine Hand auf den Rücken legte. »Wir haben eine Lieferung.«

Ihr zweites opulentes Kleid war im Schloss angekommen, ein goldbraunes mit Bändern in der passenden Farbe zu ihrem Haar. Sie bevorzugte das blaue, aber auch dieses war wunderschön, und es hatte goldene Knöpfe am Mieder. Vor dem Fest kam die Zofe, um ihr das Haar zu frisieren und die goldenen Bänder einzuflechten.

Als Gabriel das Ergebnis sah, konnte er den Blick nicht mehr von ihr abwenden.

»Das wird vermutlich funktionieren, Mylord?«, fragte sie lächelnd, nachdem die Zofe gegangen war.

»Aye, du wirst heute Abend viele Köpfe verdrehen, Mylady.« Er lächelte, doch dann schürzte er die Lippen. »Das bedeutet auch, dass du auf der Hut sein musst. Du musst noch vorsichtiger sein als gestern Abend.«

Sie gingen in Richtung der großen Halle. Hier liefen viele Gäste umher, aber sie blieben unter sich und behielten die anderen so gut im Auge, wie sie konnten.

»Ich denke, je mehr sie flüstern, desto wahrscheinlicher ist es, dass es sich um echte Schotten handelt. Stimmst du mir zu?«, fragte sie mit einem Unterton.

»Damit hast du, glaube ich, recht.« Er beugte sich vor, um ihr seine Antwort zuzuflüstern, und sein warmer Atem jagte ihr einen unvermuteten Schauder über den Rücken.

Ein kleiner Teil von ihr hegte den Wunsch, ihre vorgetäuschte Beziehung würde real sein – sodass sie tatsächlich Mann und Frau wären –, aber jedes Mal, wenn sie sich von diesem stattlichen und verwirrenden Mann in Versuchung geführt fühlte, rief sie sich in Erinnerung, dass er Engländer war. Er war zwar nicht derjenige, der ihren Mann oder einen der Dorfbewohner auf dem Gewissen hatte, aber er war mit der Gruppe umhergezogen, die dafür verantwortlich war. Aus freien Stücken.

Es war so viel passiert, dass ihr vor lauter widersprüchlichen Gedanken schwindelig war. Dabei standen Liebe oder Hass allerdings oft im Vordergrund.

Als das Festgelage begann, aßen sie schweigend, vor allem, weil Cara so sehr auf Gabriel konzentriert war. Die Wärme in seinem Blick, die zärtliche Berührung seiner Hand auf ihrem Rücken, das liebevolle Lächeln, das er ihr stets

schenkte – all das zog sie weit mehr in seinen
Bann als die Aufmerksamkeiten der anderen
Männer, was selbst für Grainger galt. Sie konnte
nicht umhin, sich die Frage zu stellen, wie es
wohl wäre, mit einem derart fürsorglichen und
gut aussehenden Mann verheiratet zu sein.
Jemand, der sich für ihre Ideen und ihren Geist
interessierte. Jemand, der sie nach *ihrer* Meinung
fragte.

Sobald der Festschmaus beendet war, zogen
die Musikanten in die Halle ein und die Gäste
begannen, aufzustehen und zu flanieren. Gabriel
machte ihr ein Zeichen, dass die Zeit gekommen
war, Informationen zu sammeln, wo immer
sie konnten, und so schlenderten sie den Gang
entlang, der zu einem offenen Bereich führte,
in dem sich viele der Gäste zum Plaudern
versammelt hatten. Hier hatte man das Gefühl,
mehr unter sich zu sein, aber Cara wusste es
besser.

In Edinburgh Castle war es nirgends sicher.

Auf dem Weg zur Tür wurden sie von einem
grün gekleideten Schotten aufgehalten, der mit
der Hand nach Gabriels Arm ergriff. »Wer seid
Ihr? Ich kann mich nicht erinnern, Euch beim
Treueschwur gesehen zu haben. Wer ist Euer
König?«

»Wir standen etwas abseits, aber wir waren da«,
entgegnete Gabriel schroff. »Nehmt die Hand
von meinem Arm.« Er starrte den anderen mit
solch einem wilden Blick an, dass der Mann seine
Hand sinken ließ.

»Ich werde mich an Euch erinnern, vergesst
das nicht«, brachte er knurrend hervor, als er
davonging.

»Kennst du ihn?«, fragte sie.

Gabriel schüttelte den Kopf. »Entferne dich von
ihm. Die Männer haben jeden in Verdacht. Es ist,
als würdest du herausfinden, dass dein Nachbar
bereit ist, dich an den Galgen zu liefern.«

Sie lief vor ihm entlang und bahnte sich einen
Weg durch die Menge. Dabei entdeckte sie ein
vertrautes Gesicht am Rande einer Gruppe.
Grainger.

Sie hielt einen Augenblick inne, doch dann
ging sie weiter. Gabriel beugte sich zu ihr und
flüsterte: »Ich mag ihn nicht und ich vertraue ihm
auch nicht. Sei sehr vorsichtig. Manche Schotten
können sehr überzeugend manipulieren.«

Es lag ihr auf der Zungenspitze, ihn daran
zu erinnern, dass *sie* Schottin war und dass die
meisten Engländer, die sie kannte, grausam
und machthungrig waren, doch dies war nicht
der richtige Zeitpunkt. Sie blieben stehen, um
sich auf ihrem Weg mit einigen Männern zu
unterhalten, jedoch waren alle sehr verschlossen,
mit Ausnahme ihrer Beiträge über das Festessen.
Eine kurze Zeit später winkte ein Mann Gabriel
von einer Stelle gleich neben einer Seitentür
aus zu. Es war der gleiche Mann, den sie vorhin
getroffen hatten. Harold bedeutete ihnen ihm
zu folgen, also nahm Gabriel sie am Ellbogen
und führte sie zur Tür, um dem großen Mann in
die kühle Nacht hinaus zu folgen. Irgendetwas
brachte sie dazu, Gabriels Freund bedingungslos

zu vertrauen, obwohl sie nicht verstand, warum. Vielleicht war es sein freundlicher Blick.

Sobald sie allein waren, meinte Harold: »Ich habe etwas gehört.« Er suchte die unmittelbare Umgebung mit seinem Blick ab, bevor er fortfuhr. »Darüber, wo die Schotten sich versammeln.«

»Wo?«

»Stirling.«

»Die Burg?«, fragte Gabriel und sprach dabei immer noch mit leiser Stimme, damit er nicht belauscht würde.

»Nein, die Wälder um Stirling.« Er zog Gabriel von ihr fort und machte deutlich, dass er nicht belauscht werden wollte, also unternahm sie keinen Versuch, ihnen zu folgen. Stattdessen blickte sie sich um und entdeckte zu ihrer Überraschung andere Gruppen von Männern, die lebhaft miteinander flüsterten. Also waren sie nicht die Einzigen, die auf Informationen über die Pläne der Schotten aus waren. Sie konnte nicht umhin, als sich zu fragen, was der Mann Gabriel erzählte. Würden er ihr sein Wissen anvertrauen?

Sie sprang auf, als sich jemand von hinten über ihre Schulter beugte und flüsterte: »Werden wir Euch in Stirling sehen?«

Sie wirbelte herum und war nicht überrascht, Grainger hinter ihr stehen zu sehen. Grinsend ging er davon und wackelte dabei mit einer Augenbraue. Was hatte all dies Geflüster und die geheimen Pläne genau zu bedeuten? Harolds Worte von vorhin erwiesen sich als wahrer, als sie vermutet hatte.

Es war unmöglich zu sagen, wo die Loyalität der Einzelnen lag.

Ein Teil von ihr wollte es nicht wissen. Obwohl sie ihre Jungen retten musste, war es ihr zuwider, den Engländern gegen ihre eigenen Landsleute zu helfen. Was, wenn die von ihr weitergereichte Information zu Toten führte?

Vielleicht konnte sie dem Baron eine Teilwahrheit auftischen.

Oder vielleicht könnte sie einen Samen in den Verstand des Barons implizieren, der auf Falschinformation beruhte? Etwas, das die Engländer dazu bringen würde, das Falsche zu tun?

Nein, wenn es nur um sie ginge, würde sie genau das tun – lügen. Sie würde etwas sagen, um die Engländer zu sabotieren, doch das konnte sie nicht tun, wenn sie damit das Leben ihrer Jungen in Gefahr brachte.

Niemals.

Gabriel fasste den Mann an der Schulter und meinte: »Vielen Dank, mein Freund.«

Der Mann eilte auf die Burg zu und sobald er außer Hörweite war, fragte sie: »Wer ist Harold? Wie kommt es, dass du ihn kennst?«

»Er ist hier Koch«, antwortete Gabriel. »Wie ich sagte, kenne ich ihn seit vielen Jahren. Ich frage mich, ob es wahr ist, was er gehört hat. Dies ist eine bedeutsame Information, wenn das stimmt. Ich möchte, dass du dich umhörst und Fragen stellst. Bring die Sprache auf Stirling Castle und wie zauberhaft es ist. Bringe in Erfahrung, ob jemand besonders daran interessiert ist, sich über Stirling zu unterhalten.« Er führte sie durch die Seitentür wieder nach drinnen, und sie war überrascht, dass die Gruppen sich bereits zerstreut hatten. Das machte ihren Weggang ziemlich offensichtlich. Würde irgendjemand Notiz davon nehmen? »Wir beide haben von den Schotten reden gehört, dass sie sich in den Wäldern von Stirling versammeln wollen, aber Harold hat sie von der Burg reden hören. Was ist das richtig?«

Urplötzlich zog Gabriel sie vom Hauptweg in eine Nische. »Sei still und küss mich. Die Wachen beobachten uns.«

Ihr blieb keine Zeit zu reagieren, also fügte sie sich seiner Forderung, als seine Lippen mit ihren verschmolzen und er seine Zunge an ihre Lippen drückte, bis sie sie teilte und ihm zu einer Stelle Einlass gewährte, an der vorher nur ihr Ehemann gewesen war.

Aber ihr Ehemann hatte sie nie zuvor so geküsst und sie wusste nicht, wie sie reagieren sollte. Also hörte sie auf zu denken und gab sich stattdessen dem Gefühl hin, wobei sie seine Zunge zaghaft mit der ihren berührte. Er brachte ein merkwürdiges Geräusch hervor und zog sie so fest an sich, dass sie seine Muskeln, seine Wärme und sein pochendes Glied spüren konnte, das sich gegen ihren Bauch drängte.

Sie wurde von einem neuen Machtgefühl überkommen, als sie erkannte, im Besitz einer Fähigkeit zu sein, die sie sich nie erträumt hätte – der Macht, einen Mann in ihren Bann zu schlagen. Sie wölbte sich ihm entgegen und legte die Hände um seinen Nacken, um mit seinem langen Haar zu spielen, bis sie beide keuchten. Er antwortete ihr begierig und schob seine Hände um sie herum, bis er ihren Hintern umfasste. Das Gefühl seiner Hände auf ihrer Haut war so mächtig, dass ihre Knie beinahe nachgaben.

Abrupt beendete er den Kuss und sie umklammerte seine Oberarme, aus Angst, zu einem Häuflein auf dem Boden zusammenzusinken, wenn sie ihn losließ.

Noch nie war sie so geküsst worden, und noch nie hatte sie einen Kuss so genossen.

Er umarmte sie kurz und flüsterte. »Verzeih mir, aber der Mann, der uns vorhin in Frage gestellt hatte, muss uns die Wachen auf den Hals geschickt haben, um uns zu überprüfen. Ich will nicht mit ihnen reden. Es wird von uns erwartet, keine Aufmerksamkeit zu erregen.«

Sie nickte und ein leuchtendes Rosa zierte ihre Wangen, dessen war sie sicher. »Es macht mir überhaupt nichts aus. Sind sie fort?«

Gabriel blickte sich um und antwortete: »Aye.« Dann grinste er und küsste sie auf die Stirn, während er ihr ins Ohr flüsterte: »Nicht, dass es mir etwas ausmacht. Du bist sehr leidenschaftlich, Mädchen.«

Sie traten auf den Gang zurück, der mit Ausnahme weniger Männer und Paare, die umherschlenderten und miteinander flüsterten, leer war. Jemand rief Gabriel einen Gruß zu und er drehte den Kopf. Cara erkannte den Mann, den er seinen Freund genannt hatte, den Koch. »Ich bin gleich wieder da«, meinte Gabriel. »Rühr dich nicht.«

Er eilte an die Seite des Kochs, wobei er ihr den Rücken zugekehrt hatte – und einen Augenblick später schlang sich eine Hand von hinten um ihre Mitte und zog sie in die entgegengesetzte Richtung. Beinahe hätte sie geschrien, aber eine vertraute Stimme raunte ihr zu: »Ich bin es nur.«

Grainger drehte sie zu sich herum. »Ich mag deinen Ehemann nicht und ich vertraue ihm auch nicht. Ihr benehmt euch nicht wie Mann und Weib. Hält er dich gegen deinen Willen fest? Wenn dem so ist, sag es mir. Ich werde dich vor ihm retten.«

Sie schüttelte den Kopf. Eine plötzliche Panik überkam sie, dass jemand sie von dem einzigen Mann trennen könnte, der je versucht hatte, sie zu beschützen. Sie wollte nicht von Gabriel getrennt werden. Es war etwas zwischen ihnen, das sie nicht verstand.

»Ich höre, dass es in der Nähe von Stirling Castle eine Zusammenkunft geben wird und die Engländer dort auf die Schotten treffen werden, um zu kämpfen«, meinte Grainger. »Er wird Euch dorthin bringen. Ich werde Euch in Sicherheit bringen. Ihr solltet nicht mit hineingezogen werden. Ihr seid nur eine Lady. Ladys gehören nicht in den Krieg.«

Gabriels Stimme drang zu ihr. »Nehmt Eure Hände von ihr.«

Grainger ließ von ihr ab und eilte ohne ein weiteres Wort wieder in die große Halle. Er wollte sich ganz eindeutig nicht direkt mit Gabriel anlegen und sie konnte ihm keinen

Vorwurf daraus machen. Seine Stimme war voller
heißer Wut gewesen.

Sie war dankbar, als Gabriel an ihre Seite
zurückkehrte. Graingers Intensität hatte ihr Angst
gemacht. Sie hatte gefürchtet, dass er sie gegen
ihren Willen wegzerren würde.

»Was hat er gewollt?«, fragte Gabriel.

»Er hat bestätigt, was dein Freund über Stirling
gesagt hat. Grainger behauptet, ich gehöre nicht
in den Krieg. Ich denke, er hat den Verdacht, dass
wir nicht wirklich Mann und Frau sind.«

Sie rügte sich schnell im Stillen, überhaupt
etwas gesagt zu haben.

Hatte sie gerade ein wichtiges Geheimnis an
einen Engländer verraten?

KAPITEL ACHT

ALS DIE WOCHE um war, kehrten sie mit der Information über die Versammlung in Stirling nach Bothwell Castle zurück. Obwohl sie sich schuldig fühlte, gegen ihre Landsleute zu arbeiten, musste sie ihre Söhne beschützen.

In ihrer Abwesenheit hatte sich nicht viel geändert, aber die Stallburschen informierten sie, dass weit mehr Männer in Ketten im Gefängnisturm lägen, die des Verrats verdächtigt wurden.

In ihrem gesamten Leben hatte Cara sich nicht so erschöpft gefühlt.

Gabriel half ihr vom Pferd, doch er hatte keine Eile seine Hand von ihrem Arm zu lösen. »Mädchen, du hast dunkle Ringe unter den Augen. Warum hast du nicht darum gebeten, mit mir zu reiten? Du hättest dich an mich lehnen und schlafen können.«

»Du musst nicht in deinem Dialekt sprechen, Gabriel«, entgegnete Cara. »Du bist wieder unter Engländern. Es besteht keine Notwendigkeit, länger eine Rolle zu spielen.«

Um ehrlich zu sein, schmerzte es sie, ihn wie
ihre eigenen Leute reden zu hören. Das machte
es schwieriger für sie, sich darauf zu besinnen,
warum sie ihm nicht vertrauen sollte. Warum sie
keine Gefühle für ihn hegen sollte.

»Du hast recht, aber du bist meiner Frage
ausgewichen. Hast du letzte Nacht überhaupt
geschlafen?«

»Nein«, antwortete sie und entschied damit,
ihm die Wahrheit zu sagen. »Ich sehne mich
danach, meine Söhne zu sehen. Ich habe Angst,
dass ihnen etwas zugestoßen sein könnte. Ich
habe geträumt …«

»Hoffentlich wird der Baron so zufrieden mit
deiner Information sein, um dir einen Besuch
bei ihnen zu erlauben.« Er hielt ihr die Tür auf
und sie betraten die Halle im Erdgeschoss des
Hauptturms. »Komm, ich führe dich nach oben,
damit du dich erfrischen kannst. Dann werden
wir zurückkehren und mit dem Baron reden.«

»Bitte lass mich nicht zu lange warten. Ich
muss über meine Söhne Bescheid wissen«, flehte
sie. Noch nie war sie lange von ihnen getrennt
gewesen. Diese Trennung war besonders schlimm
für sie, weil sie wusste, dass ihre Söhne Angst
hatten und um den Verlust ihres Vaters trauerten,
aber sie wusste nicht, wie sie das den Männern
hier begreiflich machen sollte. Sie waren Männer,
und dazu noch kinderlos.

»Ich werde sehen, was ich tun kann. In der
Zwischenzeit werde ich nach einem Bad für dich
schicken. Suche ein sauberes Kleid aus, eines das
du vorher schon hattest. Spare dir die aufwendigen

auf, für den Fall, dass wir nach Edinburgh Castle zurückkehren müssen.«

Sie stieg die Treppe Stufe für Stufe empor und ihre Beine waren so müde, dass sie dachte, sie könnte hintenüberkippen und in einem Häuflein am Fuße der Treppe landen.

Würde es ihr etwas ausmachen?

Aye, die Jungen brauchten sie.

Sobald sie in ihren Gemächern war, ordnete sie ihre wenigen Habseligkeiten, ehe der Badezuber in ihre private Kammer gebracht wurde. Sie hatte vergessen, die Satteltasche von ihrem Pferd zu nehmen, also hatte sie nicht viel. Gabriel ging in der anderen Kammer umher und seine Anwesenheit war ein Trost. Zu wissen, dass er die Tür bewachte, gab ihr ein Gefühl von Sicherheit. Das hielt den Baron fern. Sie nahm ein Leinentuch, um den Staub und Schmutz von der Straße von ihrem Gesicht zu waschen und seufzte vor Vergnügen, als sie ihre müden Knochen endlich in das warme Wasser stieg. Sie tauchte mit dem Kopf unter Wasser und machte sich daran, alle Gerüche von Edinburgh abzuwaschen.

Beinahe wäre sie in dem warmen Wasser eingeschlafen, als ein Klopfen an ihrer Tür ertönte. »Ich bin beschäftigt. Bitte komm später wieder.«

Gabriels Stimme drang durch die Tür. »Mach dich für den Baron bereit. Er wird in Kürze hier sein. Ich muss dem Verwalter Bericht erstatten. Ich werde zurück sein, sobald ich kann. Sei aufrichtig zu ihm.«

»Ich werde mein Bestes tun«, gab sie zurück, während sie aus der Wanne stieg und sich abtrocknete, wobei sie das Zittern ihrer Beine ignorierte. Darauf hatte sie gewartet. Sie hatte seine Forderung erfüllt und möglicherweise nützliche Informationen in Erfahrung gebracht, und sobald sie diese mitgeteilt hätte, würde man ihr erlauben, ihre Jungen zu sehen.

Während sie sich anzog, schloss sie die Augen, um sich ihre wunderschönen Gesichter in Erinnerung zu rufen. Brice hatte noch etwas sehr kindliches an sich, aber Bryan würde bald die ersten Anzeichen von Männlichkeit zeigen. Sie hoffte nur, er würde mit seinen Aufpassern kooperieren. Sie hatte diesen tapferen Ausdruck auf seinem Gesicht gesehen, als er neben seinem Vater gestanden hatte, und bereit gewesen war, seinen Mann zu stehen. Oh, Gott sei Dank war er am Ende gerannt und hatte sich versteckt.

Sie zog ihr Kleid über und tat ihr Bestes, die Falten zu glätten und dann flocht sie ihr Haar, obwohl es noch feucht war. Sie zog ihre Stiefel wieder an und trat in die andere Kammer hinaus, wo sie erfreut feststellte, dass der Baron noch nicht angekommen war.

Sie musste nicht lange warten.

Ohne anzuklopfen, stürmte der Baron in den Raum. Sie erhob sich, doch dann setzte sie sich schnell wieder. Zwei seiner Männer waren bei ihm. Zumindest würde er nicht mit ihr allein sein.

»Wo ist Gabriel?«, fragte sie, da sie erwartete, ihn hinter der Gruppe zu entdecken.

»Er wird bald zurückkehren, aber wir brauchen

nicht auf ihn zu warten. Berichte mir, was du
erfahren hast.«

Sie nickte und sammelte ihre Gedanken, ehe
sie sprach, wobei sie die Hände im Schoß gefaltet
hielt. »Mylord, verschiedene Männer haben von
einer kleinen Gruppe Teilnehmer gesprochen,
die den Eid abgelegt hatten und in die Highlands
aufbrechen wollten. Sie hatten den Verdacht,
dass sich einige in den Wäldern verbergen
wollten, um ihre Männer mit Bruce und Wallace
zusammenzubringen.«

»Namen. Wer wird in die Wälder gehen?«

Namen? Daran hatte sie nicht gedacht. Sie
kannte bloß zwei. Seamus, ohne Nachnamen
und Grainger Keegan. Trotz des Umstands, dass
sie sich bei ihrer letzten Begegnung mit Grainger
unwohl gefühlt hatte, zögerte sie, seinen Namen
preiszugeben. Sie hoffte nur, dass Gabriel dies
nicht für sie erledigen würde.

»Sie haben mir ihre Namen nicht genannt«,
log sie. »Es war eine generelle Aussage über die
Schotten, die ihren Schwur nicht in Ehren halten
würden.«

Donnernd schlug er mit der Faust auf den
Tisch. »Ich will Namen. Wohin genau waren sie
unterwegs? Perthshire? Glencoe? Stirling? Ayr?
Ich brauche Einzelheiten.«

»Keiner hat mir Einzelheiten anvertraut.« Sie
hatte nicht die Absicht gehabt, in dieser Frage zu
lügen. Es würde ihr nichts Gutes einbringen, es
sei denn, Gabriel bestätigte ihre Aussage, da er die
Wahrheit kannte. Und obwohl sie sich wünschte,
dass Gabriel lügen würde, um sie zu beschützen,

war er ein Engländer. Das konnte sie dem Baron allerdings nicht sagen. Sie brachte es einfach nicht über sich, das zu tun.

»Wozu nützt diese Information, wenn du keine Antwort auf das Wer oder Wo kennst? Hast du eine Vorstellung, wie groß die Highlands sind, oder wie leicht ein Mann dort verloren gehen kann? Bist du überhaupt zu etwas zu gebrauchen?«

»Es tut mir leid«, log sie mutig, »aber ich habe diese Information nicht. Sie haben mir nichts gesagt.«

Er kam um den Tisch herum und fasste sie am Arm, ehe er sie vom Stuhl zog und sie so dicht vor sich hielt, dass sein Speichel auf ihrer Wange landete. »Wo? Wo, habe ich gefragt.«

»Wenn ich es wüsste, würde ich es Euch sagen.«

Er warf sie in auf den Stuhl zurück, und dann ging er im Kreis um den Tisch herum. »Du wirst zurückgehen und herausfinden wer daran beteiligt ist und wo. Du wirst morgen aufbrechen. Verstanden?«

»Aber was ist mit meinen Söhnen? Ihr habt gesagt ich könnte sie nach meiner Rückkehr besuchen? Ich möchte meine Jungen sehen.«

Sie stand auf und legte ihre Hände auf den Tisch. Er musste ihr dieses eine Zugeständnis machen. Das hatte er versprochen.

Selbst wenn er mit ihrer Information nicht glücklich war, hatte sie etwas erfahren. und vielleicht könnte Gabriel ihm über Stirling erzählen, ohne preiszugeben, dass sie davon gewusst hatte. »Bitte nur für eine kleine Weile.«

»Du wirst deine Jungen nicht sehen, bis du

herausgefunden hast, wo die Schotten sich verstecken.« Er blieb auf der anderen Seite des Tisches stehen, wobei er die Hände in die Hüften stemmte und sie anstarrte.

»Aber ihr habt es versprochen«, sagte sie und eine plötzliche Wut entfachte sich in ihrem Inneren.

»Du wirst sie in zwei Wochen sehen. Kehre zurück und besorge die Information, die ich verlangt habe. Du wirst deine Söhne sehen, sobald du zurückgekehrt bist.«

»Zwei Wochen? Das ist eine lange Zeit.« Er ignorierte sie und ging auf die Tür zu, wobei er so tat, als würde sie nicht länger existieren, aber so leicht würde sie ihn nicht davonkommen lassen. Die Angst und das Entsetzen in den Augen ihrer Söhne erlaubten dies nicht. »Bitte, ich muss sie sehen.« Sie stürzte hinter ihm her und blieb dann direkt vor ihm stehen.

»Und ich habe deine Bitte abgewiesen. Mach dich zum Aufbruch bereit. Du bist nichts weiter als eine Hure.« Dieser Satz kam ihm in einem Schnauben über die Lippen, das zu der Grausamkeit in seinem Blick passte.

Angestrengt sann sie über weitere Informationen nach. Etwas, womit sie ihn umstimmen konnte. Sie musste ihre Jungen einfach sehen. »In Ordnung«, meinte sie verzweifelt. »Ich habe etwas gehört. Stirling. Die Schotten werden sich in den Wäldern um Stirling treffen.«

Die Hände in die Hüften gestemmt starrte er sie an. Noch nie zuvor hatte sie solch eine Unbarmherzigkeit gesehen. »Das hast du vor

mir geheim gehalten. Dafür wirst du bezahlen.
Du wirst deine Jungen einen ganzen Mond lang
nicht zu Gesicht bekommen. Vielleicht werde ich
einen der beiden töten, damit du lernst, meinen
Anweisungen zu folgen.«

Bei der Drohung, ihren Jungen etwas anzutun,
war es um ihre Beherrschung geschehen. Sie
verlor jede Kontrolle über ihre Handlungen.
Wutentbrannt stieß sie den Baron gegen die Tür,
und zwar fest genug, dass er sich den Kopf stieß,
wobei sie ihn anschrie. »Rühre meine Jungen
nicht an!« Einer seiner Männer fing ihn auf und
richtete ihn wieder gerade.

Er verengte den Blick und sagte: »Fünf Hiebe
für sie. Führe die Bestrafung in der Nähe der
Stallungen aus, sodass alle zuschauen können. Du
wirst mich niemals anfassen. Niemals!«, brüllte er
und zeigte dabei mit dem Finger auf ihr Gesicht.
»Bereitet sie vor und holt mir die Peitsche.«

Verwirrt murmelte sie: »Peitsche? Schläge?
Was? Ich will nur meine Söhne sehen. Ihr habt
sie mir genommen!«

Der Ritter, der ihr am nächsten stand, fasste
sie an einem Arm und zerrte sie zur Tür hinaus.
Sie wollte treten und spucken und schreien, aber
sie weigerte sich, zu betteln. Der Schuft hatte
sie benutzt und belogen. Sie mochte vielleicht
ebenfalls gelogen haben, aber er hatte sie in
eine unmögliche Position gebracht, in der sie
zwischen ihren Landsleuten und ihrer Familie
wählen musste.

Sie wollte ihre Söhne.

Die Männer zerrten sie grob die Treppe

hinunter und sie kämpfte darum, sich aufrecht zu halten. Sobald sie draußen waren, verbreitete sich die Kunde unter den Rittern wie ein Buschfeuer. »Auspeitschen.« Das Wort löste reges Gemurmel unter den Männern aus, und obwohl einige angewidert blickten, schienen viele darunter aufgeregt zu sein, als wäre der Anblick einer Frau, die ausgepeitscht wird, etwas Aufregendes. Mehrere Männer eilten sogar voraus, um bei den Stallungen anzukommen, ehe das Spektakel losging.

Sie hatten alle den Verstand verloren.

Einer der Männer des Barons zerrte sie zu einem Pfosten außerhalb der Stallungen und behandelte sie ebenso unsanft, als wäre sie Vieh. Er band ihre Arme über ihrem Kopf an den Pfosten und riss die Rückseite ihres Kleides auf, während der andere hineinging. »Ich werde die Peitsche holen.«

Sie war noch immer von den Vorgängen verblüfft und ihr gesamter Körper reagierte mit einer Mischung aus Angst und Wut. Sie sagte kein Wort, bis der erste Hieb der Peitsche sie traf und der daraus resultierende Schmerz ihr die Haut versengte. Es brannte schlimmer als alles andere, was sie je zuvor erlebt hatte. Sie weigerte sich zu schreien, um dem Mistkerl nicht die Genugtuung zu gönnen, sie wimmern oder brüllen zu hören.

Doch beim dritten Hieb war es ihr eigener Schrei, den sie hörte.

Sie wollte sterben.

Gabriel haderte mit all den Informationen, die er besaß. Harold hatte ihm von einer großen Anzahl Engländer berichtet, die auf ihrem Weg zum Stirling Castle waren, aber er war nicht sicher, was er mit dieser Information anfangen sollte. Er musste Zeit schinden, wenn er sein ursprüngliches Ziel, sich an Dellas Mörder zu rächen, erreichen wollte, aber mit jedem Tag wurde seine Toleranz gründlich auf die Probe gestellt.

Er fand einen Wasserfall in der Nähe, nachdem er mit dem Verwalter geendet hatte, und er war gerade damit beschäftigt sich zu waschen, als der Knappe Wyot zu Pferd auf ihn zugerast kam. »Mylord, Mylord, Beeilung!«

Der wilde Blick des Jungen alarmierte ihn sogar noch mehr als sein Tonfall.

»Was ist los?«, fragte er und kam dabei aus dem Wasser. Ohne Wyots Antwort abzuwarten, zog er seine Tunika wieder an, nahm sein Schwert und bestieg sein Pferd.

»Die junge Frau wurde vom Baron zu fünf Hieben mit der Peitsche verurteilt. Sie sind beinahe so weit, es zu tun!«

Lieber Himmel, was hatte ihr vorlautes Mundwerk dieses Mal gesagt? Er hätte bleiben sollen. Hepple hatte einen der Ritter zu ihm geschickt, als er mit Stoddart zusammengesessen hatte, der sagte, er hätte sie schlafend vorgefunden und würde sich morgen mit ihr unterhalten. Er hatte gedacht, die Verschiebung der Unterredung würde ihm Zeit verschaffen, zu baden. Er hätte sich selbst vergewissern sollen.

Verlogener Mistkerl.

Er bestieg sein Pferd und folgte Wyot, um dann neben dem Jungen aufzuschließen. »Was war passiert?«

»Sie hat ihn gestoßen, als er ihre Bitte, ihre Söhne sehen zu dürfen, abgelehnt hat.«

Gabriel stieß einen lauten Ausruf hervor. »Er wird sie umbringen.«

Nie zuvor hatte er so einen starken Drang verspürt, jemanden zu beschützen. Er ging seine Möglichkeiten durch und entschied, dass er nur eine hatte: Er musste sie für eine Weile fortbringen.

Oder für immer, wenn das notwendig war. Er zermarterte sich das Gehirn nach einem sicheren Ort für sie und dann fiel es ihm ein.

»Was werdet Ihr tun, Mylord?«, fragte Wyot unschuldig. Er sah die Hoffnung im Blick des Jungen – er glaubte ganz bestimmt, dass Gabriel diese Missetat wiedergutmachen konnte.

»Ich werde sie weit von hier fortbringen.«

»Darf ich mit Euch gehen?«, fragte er der Junge auf einmal mit großen Augen. »Ich hasse den Baron. Er schlägt die Leute, wann immer es ihm passt, und er rationiert das Essen, als ob er der König wäre. Warum kann er keine Rücksicht mit anderen üben?«

Gabriel sah zu ihm hinüber und meinte: »Das könntest du, aber nur, wenn du schnell reiten kannst.«

»Das werde ich, Mylord. Ich kann Euch helfen. Bitte lasst mich Euch helfen!«

»Dann bleibe direkt hinter mir. Ich werde

wegen dir nicht anhalten. Ich werde eine Frau mit Schmerzen bei mir haben.«

»Ich werde da sein.«

Er kam rechtzeitig auf die Lichtung, um Cara zu hören, wie sie in ihren herzzerreißenden Schrei ausbrach. Die Mine des Barons drückte Befriedigung aus, und beinahe ein sinnliches Vergnügen, und das stieß Gabriel dermaßen ab, dass er nicht zweimal darüber nachdenken musste. Er ritt auf seinem Pferd heran, sprang herunter und erwischte den Baron mit der flachen Seite seines Schwerts mit solcher Wucht, dass es ihn umstieß. Obwohl er den Baron am liebsten mit seinem Schwert durchbohrt hätte, wusste er, dass er morgen am nächsten Baum hängen würde, wenn er ihn tötete, und was würde dann aus Cara und ihren Söhnen werden?

Drei Männer kamen mit ihren Waffen auf ihn zu, doch er erwischte zwei davon mit einem einzigen Schwung seines großen Schwerts. Den dritten erledigte er mit dem Rückschlag.

Der Baron war ausgeschaltet und die anderen rannten ihre Waffen holen, also zögerte er nicht. Er schnitt Caras Handgelenke frei und sie sackte in seine Arme. »Ich habe dich, aber ich kann nicht versprechen, dass es nicht wehtun wird.«

Sie hob den Kopf und küsste ihn auf die Wange. Er hievte sie ziemlich ungelenk auf sein Pferd, aber sie schaffte es, so lange oben zu bleiben, bis er hinter ihr aufgesprungen war, und die Zügel seines Pferdes ergriffen hatte. Dann forderte er seinen Hengst zu einem schnellen Galopp auf.

Als sie so schnell sie konnten davonritten,

konnte er aus den Augenwinkeln einige Pferde erkennen. Allerdings waren sie nicht gesattelt und sie rannten, als ob sie gejagt würden. Er vermutete, dass sein Freund die Stalltüren geöffnet und die Pferde erschreckt hatte. Einige Augenblicke später kam Wyot mit einem breiten Grinsen hinter ihm her gerast und er führte ein zusätzliches Pferd am Zügel. Der Junge war geistesgegenwärtig.

Gabriel wurde nur ein klein wenig langsamer, damit der Junge Zeit hatte, aufzuholen. »Wir reiten schnell und unbarmherzig. Sie werden uns für eine Weile folgen, aber sie werden uns nicht einholen. Ein guter Schachzug mit den Pferden und dass du ein zusätzliches Tier gesattelt hast, um es mitzunehmen.«

»Dieses süße Tier war bereits gesattelt. Ich dachte, wir könnten vielleicht noch ein weiteres gebrauchen. Ich hoffe, die freien Pferde werden den Baron niedertrampeln. Warum habt Ihr ihn nicht umgebracht? Ihr hattet die Chance.«

»Das hatte ich und vielleicht hätte ich das tun sollen, aber dann wären sie mit der ganzen Streitmacht hinter uns hergekommen. Ich habe mich um die Frau und ihre Jungen gesorgt. Mach dir keine Sorgen, er wird seine gerechte Strafe erhalten, aber nicht, wenn er fünfzig Ritter zu seiner Verfügung hat.«

Er gab gegenüber dem Jungen nicht zu, dass er einen sehr triftigen Grund hatte, den Mann am Leben zu erhalten – einen, den er noch nicht mit jemandem teilen konnte. Die Zeit für seine Bestrafung würde kommen, aber noch nicht jetzt.

Cara sank gegen ihn, doch dann stöhnte sie

und setzte sich aufrecht, wobei sie seinen Arm umklammerte, damit sie nicht herunterfiel.

»Es tut mir leid, Süße, aber bis wir nicht in Sicherheit sind, kann ich nicht anhalten.«

Sie nickte und dann ließ sie sich seitlich gegen seine Brust sinken, und er hielt sie so gut es ging an sich.

Er tat sein Bestes, das Blut auf ihrem Rücken nicht zu beachten. Wenn er noch einmal darauf blickte, wäre er gezwungen, umzukehren und Hepple so lange zu verprügeln, bis dieser seinen letzten Atemzug getan hätte.

KAPITEL NEUN

»WOHIN BRINGST DU mich?«, flüsterte Cara an seiner Brust.

Er ließ sein Pferd langsamer gehen und griff in seine Satteltasche, um ein Plaid hervorzuziehen. »Hier, setz dich auf und ich werde deinen Rücken ein bisschen polstern. Es ist sauber. Wir müssen weiterhin in schnellem Tempo reiten, bis unsere Verfolger langsam aufgeben.«

»Du hast mich weggestohlen?«, fragte sie ungläubig. »Aber ist das nicht Verrat?« Obwohl sie gehofft hatte, dass Gabriel mit ihr zusammen gegen den Baron einstehen würde, hatte sie nie gedacht, dass er zu solch einer Tat fähig war, die sich so offensichtlich gegen den Mann richtete.

»Der Baron wird das auch so sehen, aber es kümmert mich nicht, was er denkt.« Er hielt sein Pferd an und half ihr, sich ein wenig vorzubeugen, und dann schob er das Plaid zwischen sie, ehe er sie wieder in ihre vorige Position rückte. »Dein Temperament ist mit dir durchgegangen.«

»Aye«, antwortete sie. »Er sagte, ich könne die Jungen zwei Wochen lang nicht sehen, wenn ich ihm nicht genau sagte, wo die Schotten den

Hinterhalt für die englischen Soldaten geplant hatten. Dann habe ich es ihm gesagt, aber er war wütend, dass ich mein Wissen vor ihm geheim gehalten habe. Er sagte, er würde mich für die Zeit eines Mondes nicht zu den Jungen lassen. Ich muss meine Söhne sehen. Ohne nachzudenken habe ich ihn gestoßen.«

»Wie viele Schläge?«

»Er sagte fünf, aber ich weiß nicht, ob er sie alle ausgeführt hat.«

»Sie hat drei bekommen, ehe Ihr sie gerettet habt, Mylord«, meldete sich Wyot zu Wort, der zu ihnen aufgeholt hatte. »Das hat jemand gesagt. Wie grausam ist das?«

Wieder bewegte er sich nach vorn und seine Berührung war unglaublich sanft, sodass er nachschauen konnte. »Wyot hat recht. Es sieht aus, als hättest du drei Schläge erhalten. Ich bin rechtzeitig gekommen. Ich weiß nicht, ob du alle fünf überlebt hättest. Ich muss dich in Sicherheit bringen. Irgendwohin, wo wir diese Wunden reinigen können.«

»Wohin reiten wir?« Das hatte sie vorhin schon einmal gefragt, aber er hatte nicht darauf geantwortet.

»Zu einer Höhle, die ich kenne. Meine Schwester hat einen Schotten geheiratet, und ich kenne einen kleinen Bereich in den Highlands nicht weit von Stirling entfernt. Es wird Dunblane genannt. Dort gibt es einige Höhlen und es ist nicht weit bis zum Wasser. Hepple wird sich niemals so weit in die Highlands wagen, aber wir werden dicht genug bei Stirling bleiben, um mitzubekommen, was sich dort abspielt. Wir können uns verstecken, bis er aufgibt, und das wird er tun. Er hat zu viele andere Projekte, an denen er arbeitet. Wir werden uns verstecken und hoffentlich ist es lang genug, um deinen Rücken auszukurieren und dann können wir von dort weiterziehen. Wyot kann bei dir bleiben, während ich die Gegend durchstreife.«

»Meine Söhne. Wirst du mich zu ihnen bringen?« Sie zog sich zurück, um zu ihm aufzuschauen. »Bitte?«

»Ich kann dich jetzt nicht dorthin bringen. Vertrau mir, wenn ich dir sage, dass sie sicher sind.«

»Aber was ist, wenn Hepple sich an ihnen vergreift?«, fragte sie von Angst ergriffen. »Würde er meinen Söhnen etwas wegen meiner Taten antun?«

»Das würde er, wenn er wüsste, wo sie sind, aber ich habe ihm nie erzählt, wo ich sie gelassen hatte. Schließe deine Augen, Wir müssen uns beeilen. Wir werden reden, sobald ich einen Platz für uns gefunden haben, an dem wir uns verstecken können.«

Sie hasste es, dass sie seinen Worten glauben musste, doch ihr blieb nichts anderes übrig, als ihm zu vertrauen. Abgesehen davon hatte er recht – wenn Hepple nicht wusste, wo die Jungen waren, dann konnte er ihnen auch nichts antun. Sie wusste auch, dass er in Bezug auf den Baron recht hatte. Nach dem Gerede, das ihr zu Ohren gekommen war, hatte der Mann seine Ritter und die anderen ausgeschickt, um jegliche kleinen Dörfer in der Nähe zu zerstören. Und jetzt würde er wahrscheinlich nach Stirling oder zurück nach Edinburgh wollen.

Der grausame Mistkerl wäre nicht zufrieden, bis er nicht ganz Schottland gepeinigt hätte.

Es war beinahe dunkel, als sie haltmachten. Sie hatte keine Ahnung, wie lange sie unterwegs gewesen waren, doch ihr kam es wie eine Ewigkeit vor. Nachdem Gabriel Wyot angewiesen hatte, ihm dicht zu folgen, führte Gabriel den Weg in eine tiefe Schlucht an, um einen zerklüfteten Hügel herum und schließlich zu einer versteckten Lichtung hinter einem Wäldchen aus dichten Kiefern und Büschen. Das Geräusch eines murmelnden Baches erfüllte im Einklang mit dem Geschnatter der roten Eichhörnchen und dem Rascheln der Blätter über ihnen die Luft. Er blieb vor einer großen Felszunge stehen, saß ab und versprach: »Ich werde gleich zurück sein.«

Sie folgte seiner großen Gestalt mit Blicken, als er einen Pfad am Ende der Lichtung erklomm. Er kletterte auf einen Vorsprung und dann war er plötzlich verschwunden.

»Das muss eine Höhle sein«, meinte Wyot. Er drehte sich zu ihr um und seine Augen glommen beinahe vor Aufregung. »Hier werden wir sicher sein. Selbst die Pferde werden unsichtbar sein. Ich wusste, dass er einen Ort kennt, an den er uns bringen könnte!«

Gabriel kam aus der Höhle, obwohl er sich ducken musste. Sein Mangel an Eile war ein Hinweis, dass die Höhle sicher war, und tatsächlich teilte er ihnen mit, dass er keine Anzeichen auf

Gefahr entdeckt hatte. Er kehrte wieder zu den Pferden zurück und legte seine Hände um ihre Taille, ehe er sie mühelos hochhob. Er setzte sie neben sich ab und seine Hände lagen noch immer auf ihrer Taille, als er das Wort an Wyot richtete. »Was hast du mitgebracht?«

Wyot stieg von seinem Pferd und hob das Kinn mit leichtem Stolz. »Als ich die anderen Pferde erschreckt habe, nahm ich den Beutel des Heilers und andere Beutel an mich, die ich an den Sätteln gesehen habe. Dann habe ich einen Beutel Äpfel und andere Leckerbissen gestohlen, die normalerweise für die Pferde aufbewahrt werden. Ich dachte, wir könnten sie vielleicht gebrauchen.«

Obwohl Cara die vielen Satteltaschen an seinem Pferd bemerkt hatte, war ihr nicht eingefallen, darüber nachzudenken, was sich darin befand. Er war ein kluger Bursche und Bryan ganz ähnlich. Die beiden Jungen würden gut miteinander auskommen … wenn sie je zusammenkamen. Der Gedanke schmerzte sie und sie verspürte eine weitere machtvolle Welle der Sehnsucht nach ihren Söhnen.

»Gut mitgedacht«, meinte Gabriel mit einem Lächeln. »Kannst du gehen, Mädchen?« Seine braunen Augen waren voller Besorgnis um sie, sodass sie ein rasches Dankesgebet für seine Anwesenheit aussprach.

»Mir geht es gut.« Sie blickte auf ihr Kleid hinab und wurde endlich gewahr, dass es zerrissen worden war, damit ihr Rücken dem Mistkerl preisgegeben war. Obwohl sie froh war, dass nichts darauf lastete, was es sehr unanständig.

»Junge, hast du irgendeine heilende Salbe dort drinnen?«, fragte Gabriel. »Und hoffentlich einige Plaids. Wir brauchen etwas Ordentliches, um sie warm zu halten.«

Wyot nickte. »Und einige Leinentücher, sowie Heiltrünke.«

Sie blickte auf die eindrucksvolle Auswahl an Taschen, die er nun hielt. »Du hast auch eine meiner Taschen dort. Ich glaube ich hatte ein Kleid darin verstaut.«

Wyot hielt eine andere Tasche hoch. »Aye, diese ist von Eurem Pferd. Ich wollte sie Euch später bringen. Und ich habe auch zwei Hosen und eine Tunika. Ich bin immer bereit, Mylady. In Kriegszeiten muss man immer vorbereitet sein.«

»Du bist ein kluger Junge«, meinte Gabriel und tätschelte dem Jungen den Rücken mit der freien Hand. »Sobald ich dich untergebracht habe, Cara, werde ich mich auf die Suche nach etwas machen, um deine Wunden zu reinigen und Salbe aufzutragen. Hoffentlich verhindert sie, dass du Fieber bekommst. Ich würde aber vorschlagen, dass du die Tunika und eine Hose trägst. Du wirst hier niemandem sonst begegnen und es ist leichter für uns, deine Verbände zu wechseln. Abgesehen davon sind Hosen viel wärmer. Es wird abends zur Schlafenszeit kalt werden.«

Sie gingen zur Höhle hinauf und bei jedem Schritt schmerzte Caras Rücken, doch sie unterdrückte ihr Stöhnen. Sobald sie drinnen waren, fand sie tief im Inneren der Höhle, einen Felsblock, auf dem sie sich niederlassen konnte.

Der Bereich, an dem sie sich versammelten, lag ein gutes Stück vom Eingang entfernt und ein wenig seitlich, sodass sie gut vor dem Wind geschützt waren. Die Öffnung war klein, aber sie bot genügend Licht und es gab reichlich Raum für sie drei. Sie konnten aufrecht darin stehen und das galt sogar für Gabriel.

Er wusch und verband ihre Wunden mit einer Zärtlichkeit, die sie mit Demut erfüllte. Jede Zärtlichkeit, die George einmal besessen hatte, war von seiner Bitterkeit längst verdorrt gewesen. Sie nahm die Tunika und die Hose von Wyot entgegen, in der Hoffnung, dass sie ihre Größe hatten, und probierte sie an, während die Männer vor die Höhle traten. Überrascht, dass sie ihr so gut passten, entschied sie, dass sie vielleicht gern öfter Hosen tragen wollte. Als sie bereit waren, sich für die Nacht niederzulegen, meinte Gabriel: »Wyot, schlafe näher an der Öffnung, damit du auf ungewöhnliche Geräusche lauschen kannst. Ich werde hier hinten mit Cara schlafen.«

Sie warf ihm einen überraschten Blick zu, worauf er die Hand ausstreckte und eine verirrte Strähne ihres Haars hinter ihr Ohr schob. »Süße, mit deinen Wunden wirst du nie imstande sein, auf dem Boden zu schlafen. Dein Rücken ist zu schmerzempfindlich und es ist zu kalt, um auf dem Bauch zu schlafen. Du musst auf mir schlafen. Das ist vermutlich die einzige Möglichkeit, wie du dich ausruhen kannst.«

Sie richtete den Blick auf ihre Stiefel und ihre Füße waren von der kalten Nachtluft bereits kalt. »Du meinst meinen Bauch auf deinem Bauch?

Das ist sehr unangemessen, weil wir nicht verheiratet sind.« Sie hatte Schwierigkeiten, ihm in die Augen zu schauen, da die Vorstellung sie so verlegen machte.

»Mädchen, es ist die einzige Möglichkeit. Ich verspreche, dass ich nichts Unanständiges mache. Fühle die Steine. Sie sind wie Eis.«

Sie beugte sich vor, doch bei der Bewegung flammte der Schmerz heftig auf. Die Tränen brannten ihr in den Augen, und sie konnte sie nicht so leicht zurückdrängen. Sie zwang sich, die Bewegung zu beenden, indem sie die Knie beugte und den Boden berührte. »Es ist sehr kalt.«

»Ich habe zwei zusätzliche Plaids. Ich werde auf einem schlafen und dich mit dem anderen zudecken. Ich werde Wyot das Fell geben, weil er der Öffnung am nächsten ist. Einverstanden? Du bleibst vollständig angezogen«, sagte er mit einem kleinen Lächeln, als er ihren neuen Aufzug betrachtete. »Und das steht dir gut.«

Für einen Moment dachte sie über sein Angebot nach. Er hatte recht. Ihr Rücken schmerzte mehr als sie aushalten konnte, und sie würde unmöglich darauf schlafen können. Auf den Steinen wäre es auch schwierig in Seitenlage zu schlafen.

Wyot trat vor und ergriff das Wort. »Mylord ist ein Gentleman. Er wird Euch nichts Unangemessenes antun. Er ist ein gutherziger Mann.«

Schließlich gab sie nach und sie legten sich zum Schlafen nieder. Wyot legte seine Felle beim Eingang zurecht und Gabriel fand eine flache Stelle. Er bereitete das Lager und dann legte er sich auf den Rücken und machte ihr ein Zeichen, zu ihm zu kommen. »Du musst herkommen, Mädchen.«

Ihr Herz schlug so schnell, dass es ihr Angst machte. Sie vertraute Gabriel. Aber würde er sich die ganze Nacht lang als ehrbar erweisen? Und was, wenn sie aus Versehen von ihm herunterrollte?

Als hätte er ihre Gedanken gehört, meinte er: »Ich werde dich nicht herunterrollen lassen, weil ich dich mit beiden Armen festhalten werde.«

Sie nickte, doch in dem Moment, in dem sie versuchte, sich hinüberzubeugen, durchfuhr sie ein starker Schmerz und sie musste ihre Position erneut überdenken.

»Zuerst auf deine Knie.« Er klopfte auf eine Stelle neben seiner Taille. »Gleich hier und ich werde dir auf dem restlichen Stück helfen.«

Ganz langsam folgte sie seinen Anweisungen und ihre Knie berührten seine Taille. Bei der Intimität, die sie verband, musste sie die Augen schließen, aber die kalte, harte Oberfläche der Steine überzeugte sie, weiterzumachen. Er hatte recht – nie könnte sie mit dem Bauch auf den kalten Steinen schlafen.

»Beug dich herunter und spreize die Beine um mich. Du hast eine Hose an«, erinnerte er sie. »Dann kannst du dich zurechtlegen und deinen Kopf auf meiner Brust betten.«

Ungelenk kam sie seiner Aufforderung nach und dann stieß sie ein kleines Stöhnen aus, als sie letztendlich in Kontakt mit seiner Körperwärme kam. Wie konnten Männer so warm bleiben?

Sie schmiegte sich genauso an ihn, wie er es vorgeschlagen hatte, doch dann stöhnte er, als sie die Beine über ihn spreizte und zwang sie damit, den Kopf zu heben. »Habe ich dir wehgetan?«

»Nein, Cara. Du bist eine wunderschöne Frau. Es war eine männliche Reaktion auf dich, aber es wird nicht wieder passieren. Verzeih mir. Bette deinen Kopf und versuche, zu schlafen.«

Sie lagen erst kurze Zeit, als Gabriel flüsterte: »Du schläfst nicht.«

Ihr Kopf lag seitlich auf seiner Brust und die Wärme, die er ihr spendete, war so willkommen. Er hatte ihr geholfen, die Tunika über ihren verwundeten Rücken zu ziehen, und das Plaid, mit dem er sie zugedeckt hatte, war weich und warm.

»Fühlst du dich ungemütlich?«, raunte er. »Erzähl mir, was ich tun kann, um dir zu helfen. Du musst schlafen, Cara.«

»Ich vermisse meine Jungen. Ich habe gerade an sie gedacht.« Oh, wie sie sie vermisste. Ihr Gelächter, ihre ansteckende Neugier und Brice, dem noch immer das süße Aroma eines Kleinkindes anhaftete. »Bist du sicher, dass Hepple nicht weiß, wo sie sind?«

»Das schwöre ich. Ich habe sie gut versteckt, weil ich ihm nicht traue.«

»Aber warum? Warum hilfst du mir überhaupt? Wie kann es das Risiko wert sein?«

Er seufzte und legte seine Hand unter seinen Kopf, wobei er zur Decke der Höhle aufschaute. »Ich habe meine Worte ehrlich gemeint, die ich bei unserem ersten Treffen gesagt hatte. Ich glaube nicht, dass Frauen und Kinder in Kriege zwischen Männern einbezogen werden sollen. Ich hatte nicht vor, dich zu retten. Es ist einfach passiert. Mein …«

Sie wartete, um zu sehen, ob er den Satz zu Ende sprechen würde. Ein Teil tief in ihr wünschte sich, diesen Mann zu kennen, und ihn zu verstehen.

»Ich habe meine Frau verloren. Sie war mit unserem Kind schwanger, also habe ich beide zusammen verloren.«

»Gabriel, es tut mir so leid. Wie entsetzlich.«

Für einige Zeit herrschte Stille zwischen ihnen und es überraschte sie, als er seine Hand an die Rückseite ihres Nackens führte und sie leicht massierte. Wie gern sie ihn um die Gunst bitten wollte, die sie so dringend brauchte. »Gabriel?«

»Ich weiß, was du mich fragen willst, Mädchen. Wir werden gehen, sobald ich das Gefühl habe, dass es sicher ist. Aber ich habe eine Frage an dich. Möchtest du, dass die Jungen dich in deinem derzeitigen Zustand zu Gesicht bekommen? Und wäre es schwieriger für dich, wenn ich dich wieder von ihnen wegnehmen müsste? Ich fürchte, dass deine Anwesenheit sie in Gefahr bringen könnte, bis wir diesen Kampf hinter uns haben.« Er hasste es, sie zu beunruhigen, aber sie wurde noch immer als Geisel der Engländer erachtet.

»Aber es wird nicht immer so weitergehen, nicht wahr?«

Er dachte einen Augenblick nach, während er weiter über ihren Nacken streichelte und die sanfte Liebkosung sie beinahe einschlafen ließ.

Nie hatte sie so eng in den Armen eines Mannes
geschlafen. George hatte getan, was er wollte
und wann er es wollte. Manchmal hatte er sie
anschließend für einen Augenblick gehalten, aber
sie hatten immer getrennt geschlafen.

Dies war etwas Einzigartiges für sie und sie
musste zugeben, dass es ihr gefiel.

»Dieser Krieg gegen König Edward könnte viele
Jahre andauern, doch er wird im Winter abflauen.
Die englischen Ritter werden nicht in der Lage
sein, den Winter in den Highlands zu überleben,
jedenfalls nicht ohne Nahrung. Wallace hat viele
Felder in den Lowlands abbrennen lassen, um
den Engländern ihren Nutzen zu verwehren.
Ich glaube das war eine kluge Entscheidung von
seiner Seite. Ohne Proviant für tausende Krieger
können sie den Angriff nicht fortsetzen.

Aber es wird gesagt, dass die Schotten sich im
Verborgenen halten und die Engländer angreifen
werden, wenn diese es am wenigsten erwarten.
Hepple ist auf der Suche nach Informationen
über ihre Strategie und sobald er sie findet, wird
er uns nicht länger behelligen. Das könnte der
Hinterhalt sein, über den sie gesprochen haben.«

»Glaubst du, es wird ein großer Kampf
werden?« Sie hatte nicht alle Auswirkungen der
Anwesenheit der Engländer in den Lowlands
bedacht. Es stimmte, dass die Leute des Barons
ihre kleinen Dörfer mühelos unterworfen hatten,
aber er konnte nicht alle Schotten umbringen,
nicht wahr? Die Krieger der Highlands waren für
ihren Wagemut berühmt.

»Es ist Anfang September. Ich glaube, es wird

im Laufe des nächsten Mondes ein erbittertes Zusammentreffen der beiden Gruppen geben. Wallace ist außer sich, nach den Taten der Engländer in Berwick und den Grenzländern. Er wird Rache nehmen, wenn er die richtige Anzahl an Streitkräften zusammenbekommt.«

Sie bedachte diese Information und fragte sich, was sie für ihre Söhne bedeuten würde. Sie fragte sich, wo ihre Eltern waren und ihre Schwester. Und wo war der Clan ihres Ehemannes? Wie schwer es war, von allem getrennt zu sein, was sie kannte. Von allem, was sie je gekannt hatte. »Danke für deine Aufrichtigkeit. Und ich werde deine Frage beantworten. Ich möchte nicht, dass meine Jungen mich jetzt so sehen. Ich möchte für sie genauso aussehen wie immer, und ich möchte nicht, dass sie noch mehr von diesem Kampf miterleben müssen. Sie haben genug Blutvergießen miterlebt. Aber ich weiß nicht, wie ich es aushalten soll, mich von ihnen fernzuhalten.« Sie hob den Kopf und starrte ihn an. »Wie kann ich so weitermachen?«

Er blickte ihr in die Augen und antwortete: »Wir sind nicht weit von ihnen entfernt. Was, wenn ich dir erlaube, sie aus der Ferne zu sehen. Würde dich das beschwichtigen?«

Sie fühlte, wie sich ein breites Grinsen auf ihrem Gesicht ausbreitete. »Aye, nur darum bitte ich dich. Wenn ich sie nur sehen könnte … wissen, dass sie sicher sind und es ihnen gut geht.«

»Also gut. Wir müssen mindestens noch einen Tag abwarten, um sicher zu sein, dass wir nicht verfolgt werden, und dann werden wir nach

Norden reiten.« Er hob die Hand, um ihre Wangen zu umfassen. »Wird dich das zufriedenstellen?«

»Aye«, sie war so glücklich, dass sie den Kopf hob und sich näher beugte, um ihm einen raschen Kuss auf die Lippen zu geben.

Er wirkte überrascht, doch dann meinte er: »Mädchen, das war ein Necken. Wenn du einen Kuss willst, können wir es meiner Meinung nach besser. Einverstanden?«

Das war genau, was sie von diesem Mann wollte, diesem Retter, diesem grimmigen Krieger für Frauen und Kinder. Sie wollte ihn necken und näher zu ihm rücken, trotz all dem Schmerz in ihr. Sie beugte sich hinab und er legte die Hände um ihr Gesicht, während er sie anfangs sanft mit den Lippen berührte und den Kuss dann vertiefte und sich ihm ein leises Knurren entrang, als er sie näher an sich zog. Sie teilte ihre Lippen und er legte seinen Kopf seitlich und brachte seinen Mund in eine Position, die ihm besseren Zugang gewährte, als ihre Zungen einander in der dunklen kalten Nacht fanden und sie mit dem Versprechen auf mehr neckten und lockten. Wie kein anderer zuvor eroberte dieser Mann ihre Sinne.

Nie zuvor hatte sie so einen Kuss erlebt – einen, der so ehrlich war, so wild von Leidenschaft und doch voller Versprechen. Er beendete den Kuss. Er griff unter ihre Arme, um sie näher zu sich zu ziehen, damit er ihren Kopf unter seinem Kinn betten konnte. Seine harte Erektion drückte an ihren Bauch und sie konnte nicht anders, als sich zu fragen, wie ein Liebesakt mir ihm wäre, wenn ein einfacher Kuss sie bereits in solche Erregung versetzte.

Sie hoffte, es herauszufinden.

Und es war ihr egal, ob er Engländer war. Sie *war* im Begriff, sich in ihn zu verlieben.

KAPITEL ZEHN

AM NÄCHSTEN MORGEN stand Gabriel am Bach, um sich so gut zu waschen, wie er konnte. Das kalte Wasser war etwas, das er dringend brauchte, denn gestern Abend war er gründlich auf die Probe gestellt worden. Zu spüren, wie Caras herrliche Rundungen sich an ihn schmiegten, war die härteste Probe seiner Standhaftigkeit gewesen, die er je erlebt hatte. Doch er hatte es überlebt.

Er hatte es genossen, so nah bei ihr zu sein und jedes Mal, wenn sie einander berührten, hatte er das Vorhandensein ungezügelter Leidenschaft in ihr gespürt. Er würde zu behaupten wagen, dass sie noch sehr unschuldig war, was das körperliche Vergnügen anbelangte – und ihm wäre nichts lieber, als ihr Lehrer zu sein.

Ein Teil von ihm fühlte sich schuldig, als ob sein Herz Della untreu würde, aber sie hatten sich bereits am Anfang ihrer Ehe über ihre Wünsche ausgetauscht – beide waren sie einverstanden, ihr Glück mit einem anderen Partner zu suchen, falls einer von ihnen einen frühen Tod erlitte.

Wenn Della hier wäre, würde er für immer an ihrer Seite bleiben.

Doch das war sie nicht.

Cara war eine starke Frau, die ihr Leben für ihre Söhne riskieren würde, und das musste er bewundern. Er würde Hepple auch gern dafür bezahlen lassen, eine Frau geschlagen zu haben. *Diese* Frau.

Dieser Mistkerl.

Wyot kam zu ihm herausgerannt. »Sie ist wach, Mylord.«

Auf mehr als eine Weise hatte der Junge sich als Segen erwiesen. Er hatte das Lager bereits verlassen und war mit wichtigen Informationen zurückgekehrt.

»Wyot, nenn mich bitte Gabriel. Das habe ich dir bereits vor langer Zeit gesagt – bevor wir auf Hepple gestoßen waren.«

Wyot war ihm ein bisschen zu dem Sohn geworden, den er verloren hatte. Wenn der Junge nach Caras Auspeitschung nicht mit ihnen fortgeritten wäre, dann wäre er zurückgekehrt, um ihn zu holen. Ihre Loyalität zueinander war etwas, das er sehr hoch schätzte.

Der Junge nickte aufgeregt. »Sie ist wach, *Gabriel*«, sagte er noch einmal und sauste zur Höhle zurück.

Gabriel schüttelte den Kopf und lächelte ein wenig über den Überschwang des Jungen, während er seine Waschungen beendete und seine Tunika wieder anzog. Als er die Höhle betrat, fand er den Beutel mit Äpfeln, den Wyot aus dem Stall mitgebracht hatte, und nahm zwei davon. Einen davon reichte er Cara und ließ sich neben ihr auf einem Felsblock nieder. »Wie geht es dir, Mylady?«

Mit einem dankenden Nicken nahm sie den Apfel an und biss hinein. »Heute Morgen bin ich ausgehungert. Ich bin euch beiden zu großem Dank verpflichtet.« Wyot stand mit einem breiten Grinsen neben ihnen, was er oft tat. Er hatte einen Brocken getrocknetes Fleisch gefunden, auf dem er herumkaute.

»Wenn es dir recht ist, werde ich deine Wunde versorgen und dann mit dir zu dem Ritt aufbrechen, damit du deine Söhne aus der Ferne betrachten kannst.«

Ihr Gesicht hellte sich auf. »Das würdest du tun? Aber wolltest du nicht noch einen Tag warten?«

»Nein, Wyot ist heute früh losgezogen und hat herausgefunden, dass Hepple und seine Männer nach Edinburgh reiten, um sich mit einigen Gefolgsleuten des Königs zu treffen. Vermutlich haben sie auch von Stirling gehört und wollen sich treffen, um ihren Angriff zu planen, an dem ich zum Glück nicht teilnehme. Wenn sie versuchen wollen, die Schotten zu übervorteilen, muss ihr Angriff perfekt abgestimmt sein. Das wird Zeit erfordern. Somit wäre es ein perfekter Zeitpunkt für unseren Ausflug. Aber du musst meinen Bedingungen zustimmen.«

»Das werde ich.«

»Willst du nicht wissen, wie diese lauten, bevor du zustimmst?« Ihre schnelle Antwort ließ ihn darauf schließen, dass sie alles tun würde, um ihren Wunsch erfüllt zu bekommen, was er sich zunutze machen könnte, falls das jemals notwendig sein sollte, aber bislang hatte sie sich nicht als schwierig erwiesen. Ihr war nur dieses kühne Temperament zu eigen, das man stets im Auge behalten musste.

»Ich vertraue darauf, dass du keine Forderungen stellen wirst, die ich nicht erfüllen kann. Wie lauten sie?«

»Du darfst nicht mit deinen Jungs sprechen. Ich gehe davon aus, dass sie draußen ein paar Arbeiten erledigen werden. Und wir werden uns nicht länger als eine kurze Weile damit aufhalten, sie zu beobachten. Danach müssen wir gehen.«

Er konnte nicht umhin, die Tränen zu bemerken, die sie zu unterdrücken versuchte, doch sie blieb gefasst und willigte ein. Ihr Körper zitterte, während er ihre Wunde verband und sie säuberte, ehe er mehr von der Salbe auftrug, die gegen das Fieber helfen sollte. Er deckte sie mit sauberen Leinen ab und polsterte die Innenseite ihrer Tunika mit einem der Plaids aus. »Einer der drei Striemen auf deinem Rücken ist fast verheilt. Die anderen beiden sind noch offen, und einer ist schlimmer als der andere. Bist du sicher, dass du wieder reiten kannst?«

»Ja. Ich verspreche es. Bitte, können wir nicht aufbrechen?«

»Wyot, nimm ein paar Äpfel mit, aber lass die übrigen hier. Wir kehren später zurück, aber auf dem Rückweg können wir womöglich in einem Gasthaus in der Nähe einkehren.«

Vielleicht würde der Anblick ihrer Söhne ein

stärkeres Heilmittel sein, als alles, was ein Heiler bewirken könnte.

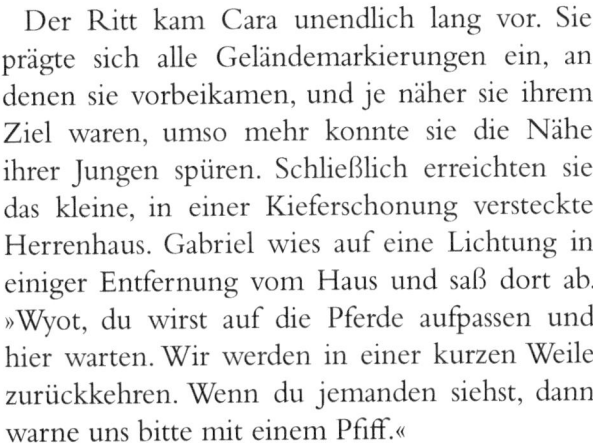

Der Ritt kam Cara unendlich lang vor. Sie prägte sich alle Geländemarkierungen ein, an denen sie vorbeikamen, und je näher sie ihrem Ziel waren, umso mehr konnte sie die Nähe ihrer Jungen spüren. Schließlich erreichten sie das kleine, in einer Kieferschonung versteckte Herrenhaus. Gabriel wies auf eine Lichtung in einiger Entfernung vom Haus und saß dort ab. »Wyot, du wirst auf die Pferde aufpassen und hier warten. Wir werden in einer kurzen Weile zurückkehren. Wenn du jemanden siehst, dann warne uns bitte mit einem Pfiff.«

Wyot nickte, und Gabriel half ihr beim Absitzen, wobei er sie mit seiner Hand festhielt. »Erlaub mir, zuerst nachzusehen. Dann verspreche ich, dass ich dich holen werde.«

Sie akzeptierte seine Anweisung und wippte ungeduldig auf ihren Fersen, während sie wartete, doch sie hatte Vertrauen in diesen Mann. Er hatte alles getan, um sie und ihre Kinder zu schützen, und sich dabei selbst der Gefahr ausgesetzt.

Ihre Gefühle für ihn verwirrten sie zutiefst. Ob er nun dem Baron gegenüber loyal war oder nicht, ließ es sich nicht leugnen, dass er der Gruppe angehört hatte, die ihren Mann auf dem Gewissen hatte. Ob die anderen noch lebten, wusste sie nicht, doch die Engländer brachten ihr Volk um. Wie war es möglich, dass sie für einen von ihnen so innige Gefühle entwickelte?

Oder waren ihre Gefühle oberflächlicher, als sie glaubte?

Er kehrte zurück und sie kämpfte gegen den Drang an, auf ihn zuzulaufen. Sobald er näher war, hielt er ihr die Hand hin und sagte: »Versprich mir, kein Wort zu sagen.«

Sie legte ihre Hand in seine und nickte zustimmend, da sie befürchtete, dass ihre Abmachung hinfällig werden würde, wenn sie jetzt das Wort an ihn richtete. Zusammen bahnten sie sich ihren Weg durch die Kiefern, und bewegten sich auf dem weichen Boden lautlos, bis sie an den Rand des Grundstücks hinter dem Haus kamen.

Er kniete sich hinter einen Baum und zog sie neben sich, wobei er ihre Hand weiter festhielt. Als sie durch die duftenden Tannenzweige spähte, entdeckte sie ein paar Hühner, die dort frei umherliefen und sich gegenseitig anschnatterten. Und dann sah sie die beiden. Zwei Burschen, die auf der Lichtung umherliefen.

Ihre Söhne. Kurz schloss sie die Augen und sah dann wieder hin, weil sie befürchtete, ihre Fantasie hätte sie herbeigezaubert, aber sie waren immer noch da. Sie hielt den Atem an und tat ihr Bestes, um ihr Gespräch zu belauschen.

»Aber wann kommt Mama zurück?«, fragte Brice und sah zu seinem älteren Bruder auf, der damit beschäftigt war, Holz zu hacken.

»Ich weiß es nicht, aber wir müssen stark bleiben. Sie wird bald zu uns kommen. Das hat dir Hestra immer wieder gesagt.« Er schwang die Axt über seinen Kopf und spaltete einen weiteren Block in zwei Hälften, dann holte er erneut aus, um die größeren Stücke in kleinere zu zerteilen. »Schichte sie zu einem neuen Stapel, neben dem großen. Wir werden das ganze Holz zum Wärmen brauchen.«

Die beiden arbeiteten eine Weile weiter, bis Brice sagte: »Ich vermisse Mama, du nicht auch?«

Bryan beendete seinen Vorwärtsschwung, lehnte sich gegen die Axt und hob einen Wasserschlauch auf, um einen Schluck daraus zu trinken. Cara konnte nicht glauben, in welchem Umfang sein Oberkörper in so kurzer Zeit breiter geworden war. Er wuchs so schnell. Er schwitzte und atmete genauso schwer wie sein Vater, wenn dieser Holz gehackt hatte. Der Junge trank einen weiteren Schluck und dann meinte er: »Natürlich vermisse ich sie. Ich vermisse Papa auch, aber wir werden ihn nicht wiedersehen.«

»Aber du glaubst, dass wir Mama wiedersehen werden?«

»Aye. Das werden wir. Und wenn nicht, dann erinnere dich immer daran, dass wir einander haben.« Bryan kehrte zu seiner Aufgabe zurück und schwang die Axt.

Cara hielt sich die Hand vor den Mund, damit sie über den letzten Kommentar ihres Sohnes nicht aufschrie. Sie drückte Gabriel die Hand und schüttelte den Kopf. Sie musste gehen. Es war zu schwer für sie, die beiden zu beobachten und ihre Anwesenheit nicht preiszugeben.

Eilig kehrte sie zu den Pferden zurück, sobald das laute Krachen der Axt das Geräusch ihrer Schritte übertönte. In ihrem Bemühen, die Tränen zurückzuhalten, kniff sie die Augen zusammen. Sie durfte die Beherrschung nicht verlieren oder Gabriel würde sie nie wieder herbringen, um ihre Söhne zu sehen.

Obwohl es schmerzhaft gewesen war, würde ihre Seele nun leichter in dem Wissen ruhen, dass die Jungen zusammen waren. Dieser kurze Besuch würde ihr nun für eine Weile reichen.

Sobald sie wieder bei den Pferden waren, flüsterte Wyot: »Du hast sie gesehen? Es geht ihnen gut?«

Noch immer ängstlich, ein Geräusch von sich zu geben, nickte sie Wyot mit einem breiten Grinsen zu und wischte sich ein paar Tränen ab, die ihr die Wange herunterliefen. Ihre Jungen zu sehen war genau, was sie gebraucht hatte, um während der bevorstehenden Herausforderungen stark zu bleiben.

Sie wusste, dass sich die angespannte Situation zwischen den Schotten und Engländern nicht so bald legen würde. Und trotz allem, was Gabriel gesagt hatte, bezweifelte sie, dass der Baron ihr je verzeihen würde, was sie getan hatten. Gabriel hob sie auf sein Pferd und dieser kleine Akt der Fürsorglichkeit freute sie, denn sie fürchtete, dass sie wahrscheinlich zusammenbrechen würde, wenn sie es selbst versuchte. Ihr Rücken schmerzte, als ob eine krallenbewehrte Eule ihre Klauen wieder und wieder in ihr Fleisch geschlagen hätte und ihr Herz sehnte sich nach ihren Söhnen.

Sie hatte gelobt, für ihre Söhne stark zu bleiben

und das hatte sie getan. Jetzt wollte sie nur noch schlafen.

Nachdem sie eine ganze Weile auf ihrem Rückweg waren, meinte Gabriel. »Ich werde anhalten. Wir sind in Schottland und ich glaube nicht, dass Engländer in der Nähe sind. Ich werde meinen Dialekt wieder annehmen und du wirst mich wie einen Schotten behandeln. Hoffentlich bekommen wir ein bisschen Eintopf und vielleicht können wir etwas in Erfahrung bringen. Einverstanden?«

»Aye. Warmes Essen wäre sehr willkommen.«

»Und wir werden ein paar Laibe Brot besorgen, um sie mitzunehmen. Wir werden uns in der Höhle selbst versorgen müssen. Wyot, hast du das Kleid für die Lady, das mitzubringen ich dich gebeten hatte?«

»Aye«, antwortete der Junge. »Hier in meiner Satteltasche.«

Sie machten in der Nähe eines abgelegenen Gasthofs am Hauptweg halt. Gabriel hatte ein Wäldchen entdeckt, in dem sie sich umkleiden konnten. Sie schaffte es, ihr Kleid anzuziehen, und er knüpfte die Bänder lose in ihrem Rücken, ehe er ihr vorschlug, ihren Umhang darüber zu tragen, um die Verletzungen zu verbergen. Sobald sie bereit waren, banden sie ihre Pferde bei einem grasbewachsenen Hügel an und dann hielten sie auf das Gasthaus zu.

»Bitte, erlaub dir keinen Ausrutscher. Ich bin Schotte, wie du weißt.« Sie konnte nicht anders als darüber lächeln, und als er sie anschaute, erwiderte er es. Gabriels wahres Lächeln zeigte

sich in seinen Augen. Es berührte sie, dass er ihr
vertraute, wie auch sie ihm vertraute. Wenn sie
ihn vor einem Raum voller Schotten bloßstellen
würde, würde er den Preis bezahlen. Was
bedeutete, dass er ihr vertraute.

Das gefiel ihr, wie sie feststellte.

Ehe sie das Gasthaus betraten, meinte Gabriel:
»Gestatte mir, zuerst einzutreten, um zu sehen, ob
Platz für uns ist.«

Wyot blieb an ihrer Seite und obwohl er nur ein
Junge war, fand sie seine Anwesenheit tröstlich.

»Mylady, macht Euch keine Sorgen über
Mylord. Er wird loyal zu Euch sein.«

»Wyot, du hast auch einen guten Dialekt. Wie
hast du das gelernt?«

»Von Gabriel natürlich. Er ist in allem der Beste.
Klinge ich genauso?«

»Aye, das tust du«, gab sie zurück. »Du klingst
genau wie mein ältester Sohn.«

»Vielen Dank«, antwortete er und straffte
die Schultern. »Das ist, glaube ich, ein schönes
Kompliment.«

Wenn er so dachte, machte es ihr nicht so viel
aus, ihn zu mögen. Ob Engländer oder nicht.

Einige Augenblicke später kehrte Gabriel
zurück und meinte. »Wir können mit den
anderen essen und du wirst nicht die einzige
Frau dort drinnen sein, wie ich befürchtet hatte.«

Das Gemurmel im Speiseraum erstarb kurz
bei ihrem Eintreten, doch als sie ihre Plätze
eingenommen hatten, kamen die Gespräche
wieder auf. Die Stimmen waren laut, die
Standpunkte verbittert und unmissverständlich

gegen die Engländer gerichtet. Wenn Gabriel in Erfahrung bringen wollte, was vor sich ging, hatte er einen guten Ort gewählt.

Drei Schalen mit aromatischem Hammeleintopf wurden zusammen mit drei Ale und einem Laib warmes Brot vor sie hingestellt. Alle drei griffen herzhaft zu, doch als sie noch bei der Mahlzeit saßen, erhob Gabriel sich mit den Worten: »Ich werde noch mehr Ale besorgen und sehen, was ich unterwegs aufschnappen kann. Wyot du bleibst hier bei der Lady.«

Sie kaute auf einem Stück Brot und blickte sich im Raum um. Es gab mindestens zehn Tische mit vier bis sechs Stühlen an jedem einzelnen. Die Wände waren mit jeglicher Art von Waffen geziert, überall waren Schwerter und Dolche zu sehen. Sie fragte sich, ob dies eine absichtliche Entscheidung war, um sicherzustellen, dass jede Person im Gasthaus mit einer Waffe ausgerüstet war, falls das erforderlich werden sollte.

Vorsichtig nahm sie einige der Reisenden in Augenschein, von denen sie niemanden erkannte. Zwei Frauen waren mit ihren Ehemännern hier und ganz still hörten sie sich all das Gerede über die Engländer an und wie sie die Schotten verletzt hatten.

Wie fühlten Wyot und Gabriel sich bei diesen Gesprächen, da sie doch auf der Seite der Engländer standen?

Ihr Blick wanderte zum letzten Tisch und fiel auf ein bekanntes Gesicht. Es war Grainger und er hatte seine Augen bereits auf sie geheftet. Er lächelte und kam auf sie zu, um dann den Platz einzunehmen, den Gabriel frei gemacht hatte. Sie hatte vergessen, wie gut dieser Mann aussah.

Immer geistesgegenwärtig, sprach er Wyot an: »Hol mir ein weiteres Ale, bitte?«

Daran gewöhnt, zu tun, worum er gebeten wurde, sprangt Wyot auf, um das Gewünschte zu holen.

Sie musste nicht fragen, warum er ihn fortgeschickt hatte. Grainger senkte die Stimme und meinte: »Cara, das Schicksal hat uns zusammengeführt. Gehe heute mit mir fort. Du kannst mir helfen. Bitte.«

Er streckte die Hand nach ihr aus, aber sie legte sie in ihren Schoß. Obwohl Grainger attraktiv war, und sie annahm, dass sie ihre Jungen ohne Gabriels Hilfe wiederfinden könnte, würde sie ihn nicht verlassen. Ihrem Herzen war es längst egal, dass er Engländer war. Er war so viel mehr.

»Es tut mir leid, Grainger. Euer Anliegen ist lobenswert, aber ich kann Euch nicht helfen.«

Er warf ihr einen strengen Blick zu und hielt die Lippen zu einer geraden Linie gepresst. »Denk darüber nach. Ich bin sicher, wir werden uns wiedersehen, und vielleicht erinnerst du dich dann daran, auf welcher Seite du stehst.«

»Ich bin Schottin, Grainger, wie Ihr. Es ist die richtige Seite.«

»Tatsächlich?«, fragte er, stand von seinem Stuhl auf und entfernte sich abrupt.

Sie blickte ihm hinterher und fragte sich, was seine letzte Aussage zu bedeuten hatte. Wenn sie bei ihren Begegnungen mit Grainger etwas gelernt hatte, dann war es der Umstand, dass

er sich über seine eigenen Überzeugungen im
Unklaren zu sein schien. Einmal wollte er sie
vor Ärger bewahren, und ein anderes Mal wollte
er, dass sie sich mitten hinein stürzte. Manchmal
wollte er sich als Schotte bezeichnen, und dann
wieder als Engländer. Er hatte den Engländern die
Treue geschworen, aber war er einer derjenigen,
die dabei gelogen hatten? Sie wusste nicht, ob sie
diesem Mann trauen konnte.

Dann warf sie einen Blick zu Gabriel hinüber.
Trotzdem er Engländer war, wusste sie, ihm
vertrauen zu können, wenn es um die wichtigen
Dinge des Lebens ging. Wenn sie jemals in
Schwierigkeiten geriet, würde er ihr helfen.
Würde Grainger das ebenfalls tun? Oder würde
er seine Meinung abermals ändern?

Zwischen Gabriel und ihr hatte sich etwas
verändert. Etwas überaus Bedeutsames.

Nie würde sie Gabriel verlassen.

KAPITEL ELF

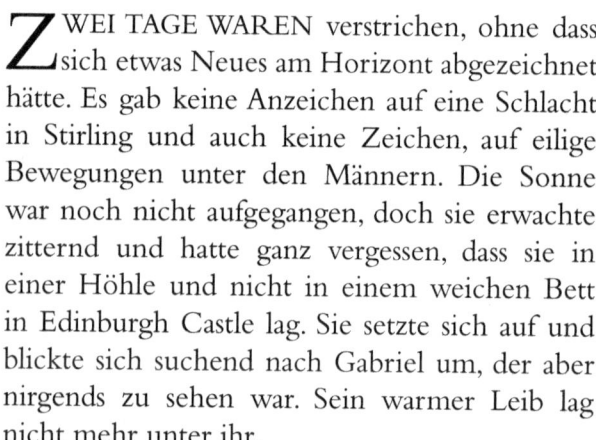

ZWEI TAGE WAREN verstrichen, ohne dass sich etwas Neues am Horizont abgezeichnet hätte. Es gab keine Anzeichen auf eine Schlacht in Stirling und auch keine Zeichen, auf eilige Bewegungen unter den Männern. Die Sonne war noch nicht aufgegangen, doch sie erwachte zitternd und hatte ganz vergessen, dass sie in einer Höhle und nicht in einem weichen Bett in Edinburgh Castle lag. Sie setzte sich auf und blickte sich suchend nach Gabriel um, der aber nirgends zu sehen war. Sein warmer Leib lag nicht mehr unter ihr.

Sie kam zu dem Schluss, dass er hinausgegangen sein musste, um sich zu erleichtern, und sie faltete die Plaids zusammen, um sich darauf zu legen, weil sie die eisige Kälte der Steine verabscheute. Sie waren hier zwar sicher, und sie blieben trocken, aber sie wäre dankbar, wenn sie ihr Versteck verlassen könnte.

Aber ... wohin sollte sie gehen?

Genau diese Frage hatte sie nachts wach gehalten. Sie hatte keine Ahnung, wohin genau der Clan ihres Mannes gezogen war, oder ob

Frauen und Kinder aus ihrem kleinen Dorf überlebt hatten. Wenn dem so war, waren sie bestimmt weitergezogen, und Cara hatte keine Ahnung, wohin.

Eine Frau mit zwei Söhnen, die sie beschützen musste, würde es schwer haben, sich in Schottland oder England zurechtzufinden.

Wyot regte sich, also sprach sie lauter. »Wyot, wo ist Gabriel?«

Er drehte sich um und sagte: »Er ist früh losgeritten, um herauszufinden, was los ist. Er hielt im Gasthaus an und erfuhr, dass die Engländer bereits in Stirling sind. Er glaubt, die Schlacht stehe kurz bevor. Sie befinden sich südlich der Brücke, und die Schotten sollen sich auf der anderen Seite im Wald versteckt halten.«

»O je.« Ihr Kopf pochte vor Sorge, als sie immer wieder an ihre Jungs, Gabriel, Grainger, die Schotten, die Engländer, ihre Eltern und ihre Schwester dachte.

Wer würde als Sieger hervorgehen? Wahrscheinlich die Engländer.

Meistens waren es die Engländer.

»Er wird bald zurückkehren. Er sagte, er käme nach Sonnenaufgang mit einem frischen Laib Brot zurück.«

Sie kuschelte sich wieder in die Decken und wartete auf seine Ankunft, während sie ihrem Bauch lauschte, der vor Hunger knurrte. Sie hatte eindeutig abgenommen. In Edinburgh hatte es reichlich zu essen gegeben, aber sie war zu besorgt um ihre Jungs gewesen, um das Angebot zu nutzen. Die Schmerzen ihrer Wunden hatten sich gebessert, da mittlerweile einige Tage vergangen waren, aber ihre Sorgen waren ihr ständiger Begleiter.

Das Getrappel eines Pferdes drang in die Höhle, also schlich sie auf Zehenspitzen zum Eingang und spähte mit Wyot hinaus, wobei sie betete, es wäre Gabriel. Er war es zum Glück tatsächlich, aber es gefiel ihr nicht, wie schnell er vorankam.

»Die Engländer sind in Stirling. Tausende von ihnen, sagt man. Viele sind zu Pferd unterwegs, andere zu Fuß. Sie beraten sich bereits mit Wallace und fordern ihn auf, alles aufzugeben, wofür er gekämpft hat, und den Sieg König Edwards Männern zu überlassen. Ich will sehen, was daraus wird. Ich würde vorschlagen, du bleibst hier, aber ich bezweifle, dass du damit einverstanden bist, und ich möchte dich eigentlich nicht allein lassen. Du brauchst Schutz, Mädchen.«

»Hast du vor, dich dem Baron anzuschließen?«, fragte sie und schlang das Plaid fest um sich.

»Nein. Ich würde diesen Narren niemals unterstützen, aber ich möchte wissen, was vor sich geht. Es ist ein wichtiges Ereignis, das sich hier ganz in der Nähe abspielt.« Er schaute sie an, und dann schlang er die Arme um sie. »Du bibberst ja.«

»Es wird immer kälter.«

»Ich weiß. Es ist der zehnte September. Was ist deine Wahl, willst du gehen oder bleiben?«

»Ich möchte gehen, aber ich glaube nicht, dass ich auf der englischen Seite bleiben kann. Gabriel, ich bin Schottin. Kannst du nicht verstehen, wie ich mich fühle?«

»Doch, das kann ich. Du brauchst dich nicht einzumischen, aber ich würde gerne sehen, was passiert. Wer wird dominieren? Es ist für beide Seiten ein wichtiger Kampf.« Er drückte ihren Kopf unter sein Kinn und schlug seinen Umhang um sie, um ihr seine Wärme zu spenden. »Aber ich werde dich nicht zwingen, mitzukommen. Du entscheidest. Ich werde dir sagen, dass wir nördlich von Stirling sind. Wenn wir dort ankommen, befinden wir uns auf der Seite, auf der sich die Schotten verstecken. Ich kann nicht versprechen, was dann passieren wird.«

»Wyot?«, fragte sie. »Was wirst du tun?«

»Ich werde mir die Schlacht ansehen«, antwortete der Junge und platzte fast vor Aufregung. Dann rannte er aus der Höhle und ließ sie allein zurück.

»Ich könnte dich hierlassen, aber ich würde mir Sorgen machen«, meinte Gabriel und berührte sie sanft an der Wange. »Wenn ich dich mitnehme, mache ich mir auch Sorgen. Ich kann dir die Entscheidung nicht abnehmen. Du musst selbst entscheiden. Ich werde in einer kurzen Weile aufbrechen.«

Sie verließ seine warme Umarmung und griff nach ihrer Bürste. »Dann sollte ich mich vermutlich bereitmachen.«

Einige Zeit später brachen sie auf ihren drei Pferden auf, doch sie wusste nicht, wie lange sie bis Stirling brauchen würden. Ihr Weg nach Abbey Craig führte sie an dem Gasthaus vorbei, wo sie neulich eingekehrt waren. Einige weitere Reiter waren in dieselbe Richtung unterwegs.

»Was wissen sie?«, fragte Cara.

»Ich habe im Sinn, das herauszufinden«, meinte Gabriel, mit gerunzelter Stirn. »Warte hier mit Wyot. Ich werde dem Gasthaus einen raschen Besuch abstatten und herausfinden, ob sie etwas Neues erfahren haben. Ich möchte die Aufmerksamkeit lieber nicht auf dich lenken, also wäre es am besten, wenn du hier warten würdest.«

Sie stimmte ihm zu und Wyot führte sie zu einer abgeschiedenen Baumgruppe, während Gabriel davonritt. Er war noch nicht lange fort, als ein Reiter vor ihnen auftauchte, der aus dem Schatten der Bäume herausritt.

Es passierte so plötzlich, dass sie keine Zeit hatte, zu reagieren, aber Wyot lenkte sein Pferd vor sie und rief dem Reiter zu: »Ich kenne Euch aus dem Gasthaus. Sie hat Euch vorher schon fortgeschickt. Lasst sie in Ruhe.«

Es war Grainger. Wie hatte er sie gefunden? Und warum war er so hartnäckig? Grainger ritt neben sie und obwohl sie versuchte, sich so gut wie sie konnte auf ihrem Pferd zu halten, schaffte er es, sie herunterzuheben. Mit einem zufriedenen Brummen setzte er sie vor sich. »Endlich. Du wolltest nicht freiwillig mitkommen, also machen wir es jetzt auf meine Weise.«

»Lasst sie in Ruhe«, rief Wyot wild und versuchte, auf sie loszugehen.

Grainger zog an den Zügeln seines Pferdes und ritt mit ihr abseits des Weges zwischen die Bäume.

»Grainger, lass mich in Ruhe«, rief sie. »Du tust mir weh. Was machst du nur?« Sie kämpfte und kratzte in der Hoffnung, ihren Ritt zu verlangsamen, bis Gabriel hinter ihnen her war. Ihr Rücken schrie vor Schmerz, doch das musste sie ignorieren. Gabriel würde doch kommen, nicht wahr?

»Ich habe versucht, freundlich zu sein, aber du warst nicht entgegenkommend. Ich werde dir sagen, was ich tun werde. Ich bin nicht mehr daran interessiert dich zu heiraten. Ich werde dich zu Baron Hepple bringen. Er hat eine Belohnung auf dich und deinen Freund ausgesetzt. Ich bin vielleicht nicht imstande mit ihm fertigzuwerden, aber mit dir werde ich klarkommen, bis ich mein Geld bekomme. Die Engländer sagen, sie werden die Schotten überzeugen und es wird keine Schlacht stattfinden. Wenn ich auf der richtigen Seite bin, bekomme ich das Land, das ich verdient habe, nachdem sie sich ergeben haben. Und ich werde mehr Geld haben, wenn ich dich an Hepple übergebe.«

Ein Keuchen kam Cara über die Lippen. Es erschütterte sie, dass ihr Landsmann seine Loyalität so leicht aufgeben würde – und das aus Geldgier, und nicht, um einen geliebten Menschen zu schützen. Sie schüttelte den Kopf und kämpfte gegen ihn, während Wyot zum Gasthaus zurückritt und nach Gabriel rief. Sie würde nicht zum Baron zurückkehren.

Sie musste kämpfen – für sich selbst und für ihre Jungen.

Wild entschlossen, zu entkommen, schwang sie herum und versuchte, sein Gesicht zu zerkratzen, während er mit ihr über das Land raste. Wenn sie ihm nicht entkam, würde sie ihre Jungen wahrscheinlich nie wiedersehen.

Grainger schlug sie und versetzte ihr einen Hieb, der sie beinahe von seinem Pferd katapultiert hätte, aber er schaffte es, sie beim Haar zu packen und sie bei sich zu behalten. Sie schrie und blickte über seine Schulter, wobei sie vor Schmerz wimmerte.

Gabriel war fast bei ihnen und er hatte seinen Bogen schussbereit gespannt.

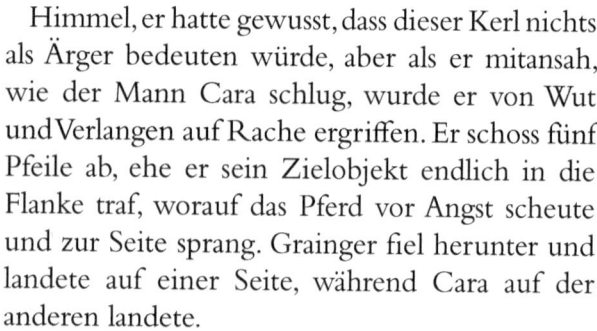

Himmel, er hatte gewusst, dass dieser Kerl nichts als Ärger bedeuten würde, aber als er mitansah, wie der Mann Cara schlug, wurde er von Wut und Verlangen auf Rache ergriffen. Er schoss fünf Pfeile ab, ehe er sein Zielobjekt endlich in die Flanke traf, worauf das Pferd vor Angst scheute und zur Seite sprang. Grainger fiel herunter und landete auf einer Seite, während Cara auf der anderen landete.

Gabriel sprang vom Pferd und ging auf den Mann los, wobei er seinen Bogen beiseite warf, und sein Schwert zog. Grainger rappelte sich auf und handelte nun vollkommen derangiert. Er zog ein Messer und ging geradewegs auf Gabriel zu, wobei er auf der verletzten Seite humpelte. Es war, als hätte er Gabriels riesiges Schwert nicht bemerkt. Er drehte sich erst in der letzten Sekunde weg und rannte von ihm fort, ehe er herumwirbelte.

»Komm zu mir, ich fordere dich heraus«, blaffte Grainger. »Ich werde dich töten und meine

Belohnung für deinen Kopf kassieren. Hepple hat dich als Spion erkannt. Er will die Lady lebend, aber du bist ihm nicht so wichtig.«

Gabriel erkannte den Schock auf Caras Gesicht, doch er behielt seine Aufmerksamkeit auf seinem Opponenten. »Cara, tritt zurück!«

Er war zu spät. Grainger hatte sie am Haar gepackt und sie auf die Füße gerissen, um ihr seinen Dolch an die Kehle zu halten. »Tritt zurück, oder ich bringe sie um. Lass deine Waffe fallen und der Junge wird dir die Hände fesseln. Tu es oder ich schlitze ihr den Hals auf.« Der irre Ausdruck in seinen Augen sagte Gabriel, dass er meinte, was er sagte.

Gabriels Magen krampfte sich zusammen, als er die Furcht in ihren Augen sah. Er war für Della nicht dagewesen, aber er würde Cara vor dem gleichen Schicksal bewahren. Er machte Wyot ein Zeichen, das sie vor langer Zeit eingeübt hatten, indem er in einen Hustenanfall ausbrach, ehe er seine Waffe auf den Boden fallen ließ und beide Hände in die Luft streckte.

»Geh und fessele ihn«, befahl Grainger mit einem Nicken zu Wyot. »Dort ist ein Seil auf meinem Pferd. Die Augen des Jungen waren vor Angst weit aufgerissen, als er das Seil nahm und herantrat, um den Befehl des Mannes auszuführen.

Gabriel wollte vor Freude laut rufen, als der Junge ihm ein kleines Messer in die Hand gleiten ließ, bevor er ihn lose fesselte. Der Junge entfernte sich und spielte den nächsten Teil ihres Täuschungsmanövers, indem er stolperte und mit einem lauten Schrei neben dem Schurken hinfiel.

Grainger drehte den Kopf und seinen Körper, was Gabriel genau die Blöße verschaffte, die er brauchte. »Duck dich, Cara!«

Sie fiel auf ihre Knie und er schleuderte sein Messer auf den Hals des Mannes, wo es tief in der Seite steckenblieb und hellrotes Blut aus der Wunde hervorquoll, als Grainger auf den Boden fiel.

Er holte sich seine Waffe zurück und sah nach Wyot und Cara, ehe er dann den Bereich nach anderen Schotten oder Engländern absuchte, die sich Hoffnung auf eine Belohnung für ihren Fang machten, aber es war niemand in der Nähe. Er schob sein Schwert in die Scheide, fand seinen Bogen und übergab ihn Wyot. Als er sich zu Cara umdrehte, erkannte er, dass sie noch immer vor Schock erstarrt war.

Er blieb ein Stück weit vor ihr stehen, denn er wollte sie nicht erschrecken. »Cara, es ist in Ordnung. Er wird dich nicht mehr belästigen.« Er war froh, dass die Wahrheit endlich ans Licht gekommen war, sodass er frei in seinem Dialekt sprechen konnte.

Wyot hatte sein übliches Grinsen aufgesetzt, als er von einem zum anderen blickte. »Wyot, bring den Bogen zu meinem Pferd.«

»Aye, Mylord.«

Sie starrte ihn weiter an, doch dann flüsterte sie. »Bist du wirklich ein Spion für die Schotten?«

Gabriel lächelte und trat näher zu ihr. »Aye, ich bin ein stolzer Schotte und ich werde mich niemals auf Edwards Seite stellen. Er ist nicht mein König. Ist es nicht so, Wyot?«

Wyot nickte und dann verschränkte er die Arme bedeutungsvoll vor sich. »Wir sind beide stolze Schotten. Ich bin seit fast einem Jahr bei Mylord.«

»Aber…aber…aber«

»Aye, ich weiß, dass es zu viel für dich ist«, meinte er und senkte seine Stimme dabei, als er nahe genug kam, um seine Hand um ihre Wange zu schmiegen. »Ich bin Schotte, wie du auch. Es tut mir leid, dass ich gezwungen war, dich zu täuschen, aber ich habe neben dem neuen, das ich mir gesetzt hatte, als ich dir und deinen Söhnen begegnet bin, zwei Ziele. Mein Hauptziel bestand darin, für Wallace und Bruce zu spionieren. Ich konnte dich nicht in Gefahr bringen.«

»Aber woher stammst du? Die Wahrheit bitte.«

»Das ist eine faire Frage, die ich ehrlich beantworten werde.« Er ließ seine Hand sinken, denn er verstand, dass sie all die neuen Informationen verarbeiten musste, die er ihr gerade gegeben hatte, ehe er den Versuch machen durfte, sie wieder zu berühren. »Ich habe in den Grenzgebieten gelebt und war auf der Jagd, als König Edward und die Engländer kamen, um unsere Stadt einzunehmen. Ich habe meine Frau in dem Kampf verloren und ich habe geschworen, mich an den dafür verantwortlichen Männern zu rächen.«

»Wer?«

Er antwortete ihr mit nur einem einzigen Wort. »Hepple.«

»Warum hast du ihn dann noch nicht umgebracht? Ich verstehe nicht, wie du es aushalten konntest, ihm beizustehen.« Der Ausdruck in ihren Augen zerstörte ihn beinahe.

»Aye, und es hätte mich beinahe umgebracht. Aber persönliche Rache war nicht mein einziges Ziel. Ich habe mich Wallace und Bruce verschworen, nachdem der König unsere Brüder in den Grenzländern umgebracht hat. Stell dir vor, wie ich mich gefühlt habe, als ich auf Baron Hepple und fünfzig Ritter gestoßen bin, die bereit waren, die Schotten anzugreifen. Also habe ich meinen Dialekt gewechselt, was leicht für mich war, und König Edward die Treue geschworen. Ich habe gelobt, alle Informationen derer ich habhaft werden konnte, an Wallace weiterzugeben, ehe ich mich an Hepple rächen wollte, doch dann bist du gekommen. Ich konnte nicht zulassen, dass er dich so behandelt. Ich hatte gefürchtet, du könntest uns in Edinburgh verraten, wenn ich ehrlich zu dir wäre, also habe ich die Rolle gespielt. Die Engländer sind hier. Sie haben auf der anderen Seite des Flusses bei Stirling Bridge Aufstellung genommen. Hat Grainger dir noch etwas über ihren Plan gesagt?«

Noch immer war ihr Blick fassungslos, als sie langsam verneinend den Kopf schüttelte. Dann weiteten sich ihre Augen und sie sagte: »Ja. Er sagte, die Engländer seien sicher, dass die Schotten sich ergeben würden.«

»Dann müssen wir rasch handeln. Wir reiten nach Abbey Craig und halten uns hinter der vordersten Frontlinie. Wir müssen unsere Informationen an Wallace weitergeben. Ich kann nur hoffen, Gelegenheit zu haben, Hepple im Kampf zu töten, aber dass er den Mut zum Kämpfen aufbringen wird, möchte ich bezweifeln. Er wird sich zuruckhalten.«

»Meine Jungen?«

»Mach dir keine Sorgen um sie. Sie sind bei einer schottischen Frau. Du willst sie jetzt nicht hier haben.«

Endlich wich die Steifheit in ihren Schultern, und sie warf ihm die Arme um den Hals und flüsterte: »Vielen Dank für alles, aber vor allem bin ich froh, dass du Schotte bist.«

Er atmete ihre Süße ein, schloss die Augen und genoss ihren Duft und ihre Sanftheit, aber er wusste, dass sie weiter mussten. »Komm, so gern ich dich auch in die Arme schließen würde, wir müssen William Wallace unsere Informationen zukommen lassen.« Er gab Wyot ein Zeichen, ihre Pferde zu holen. Sobald sie alle aufgesessen waren, galoppierten sie in Richtung Abbey Craig, so schnell wie ihre Pferde sie tragen konnten.

Als sie sich schließlich der Stirling Bridge näherten, konnte sie die Engländer auf der anderen Seite der Brücke sehen, deren Kavallerie ein einschüchterndes Bild bot. Gabriel war daran gelegen, weit genug entfernt zu bleiben, um nicht gesehen zu werden, obwohl sie zugeben musste, dass sie überrascht war, keine Schotten auf dieser Seite der Brücke zu sehen, wo doch so viele Engländer auf der anderen Seite der Brücke standen.

Es waren mehr als nur einige Engländer.

Tatsächlich nahmen die vielen Reihen von Engländern das weite Land ein, und der Fluss zwischen den Schotten und den Engländern gab ihr das Gefühl, weiter von ihnen weg zu sein, als sie es wahrscheinlich tatsächlich waren.

Merkwürdigerweise waren nirgends Schotten zu sehen.

»Wo sind die Schotten? Sind wir an der falschen Stelle? Ist das nicht die schottische Seite der Brücke?«, wollte sie wissen, als sie ihre Pferde in einiger Entfernung vom Fluss und der Brücke anhielten und durch den Wald spähten, um zu sehen, was sich dort abspielte.

»Dies ist die rechte Seite. Meiner Vermutung nach halten sich die meisten in den Wäldern versteckt, obwohl ich erkenne, dass einige von ihnen sich auf dem Hügel namens Abbey Craig versammeln, auf dem die Bäume dicht stehen«, meinte Gabriel und deutete auf ein Gebiet, das ihr nicht aufgefallen war. »Die Kämpfe könnten jederzeit ausbrechen. Ich möchte dich an einem sicheren Ort wissen, also begeben wir uns in ein Gebiet hinter dem Craig. Wir werden uns nicht in die Nähe der Brücke wagen.«

Sie führten ihre Reittiere ein Stück weit hinter den Abbey Craig, von den Engländern fort, und stießen schließlich auf eine Ansammlung kleiner Häuschen mit einem Stall in der Nähe. »Ihr beide wartet hier beim Stall, und ich werde herausfinden, was vor sich geht. Ich möchte Wallace finden und ihm mitteilen, was Grainger gesagt hat.« Gabriel machte sich auf den Weg und fand zu einer Gruppe von Schotten, die nicht weit vom Fluss entfernt ausharrten. Abgesehen von ein paar Pferden, die sich einen Weg durch das Feld bahnten, waren sie allein. Cara war erleichtert, als er kehrtmachte, doch dann strebte er auf die Wälder zu, während zwei Männer auf ihn zuliefen. Wyot flüsterte ehrfürchtig: »Das ist William Wallace. Siehst du den Großen da vorne, der auf Gabriel zugeht? Das ist er, glaube ich.«

Der Mann war bemerkenswert hochgewachsen und sogar noch größer als Gabriel, und er hatte dunkles Haar. Sie konnte erkennen, dass das Gespräch hitzig verlief und das Besprochene von größter Bedeutung war. Noch mehr überraschte sie allerdings das Erscheinen von zwei Mönchen auf der Brücke.

Wenn sie raten sollte, waren Gabriel und Wallace ebenso überrascht wie sie und Wyot, und auch die anderen versteckten sich in den Ställen und fragten sich, was sie davon halten sollten. Die Mönche machten sich auf den Weg zu Wallace, während ein paar andere Männer aus dem Wald hervorkamen und sich neben den großen Mann stellten.

»Das ist Robert the Bruce, glaube ich«, flüsterte Wyot aufgeregt, obwohl die Entfernung zu groß war, um dies mit Sicherheit wissen zu können.

Cara hatte keine Ahnung, was sich vor ihren Augen abspielte, aber ihr Herz schlug aus einem anderen Grund. Der Mann, in den sie sich verliebt hatte, war ein echter Schotte, der nun an der Seite der zwei meistbewunderten Männer des Landes stand.

Wenig später kehrten die Mönche zur Brücke

zurück, und die Schotten begaben sich auf den Gipfel des felsigen Hügels, während Gabriel in einiger Entfernung hinter dem Hügel herum zu ihnen zurückkehrte.

Seine Schritte waren regelmäßig und kraftvoll, doch sein Gesichtsausdruck war auf die Entfernung nicht zu erkennen, und darüber hinaus verdeckte sein Bart alles. Wie stolz war sie auf diesen Mann, der auf dem Rückweg zu ihnen war.

Zu ihr!

Weitere Schotten kamen an, während sie warteten, und viele darunter meldeten sich freiwillig zum Kampf, obwohl sie sich verborgen hielten. Frauen kamen hinzu, um zu helfen, wo sie konnten. Die Kunde hatte sich unter den Schotten rasch herumgesprochen, was sie mit unheimlichem Stolz erfüllte. Von der Brücke waren sie weit genug entfernt, um von dort unsichtbar zu sein, denn das Landschaftsbild war so uneben. Andere Schotten kamen aus der Richtung hinter Abbey Craig her. Sie hörte, wie sie sich über den Plan unterhielten, sich hinter dem Fels zu verstecken und auf das Signal von Wallace zu warten.

Eine andere Frau kam zu ihr und lud sie ein: »Komm. Wir verstecken uns in den Häusern. Unser Herrenhaus ist groß genug, damit du dich uns anschließen kannst. Wir werden kochen, was wir können. Wenn sie kämpfen, bekommen wir sicherlich einiges zu nähen.«

Gabriel nickte und meinte:»Es ist wahrscheinlich das Sicherste für dich, wenn du bei den Frauen bleibst. Das Herrenhaus ist das Größte. Ich werde zu dir kommen, sobald ich kann. Die Atmosphäre könnte sich bald ändern. Ich werde dir folgen, um genau zu sehen, wo du bist.«

Sie eilten in einer Gruppe davon, doch Gabriel weigerte sich, noch mehr zu verraten. Sobald sie wieder allein waren, fragte sie: »Was bedeutet das alles? Die Mönche? Ich verstehe nicht.«

»Die Information, die du von Grainger bekommen hast, war überaus hilfreich. Da Wallace weiß, dass die Engländer seine Kapitulation erwarten, hat er sie mit Hilfe der Mönche eingeladen. Dann wird er warten, bis genügend die Brücke überquert haben, mit denen sie im Kampf fertigwerden können, und dann werden die Schotten angreifen. Die Engländer können die Brücke nur in Paaren überqueren, sodass die Schotten kontrollieren können, was passiert. Wallace und seine Männer haben die Brücke zudem sabotiert. Wenn genügend Pferde sie überqueren wird sie zusammenbrechen und es wird Chaos herrschen. Das erhofft er sich, um den Schotten zu helfen, die Schlacht zu kontrollieren. Sobald das passiert, werden die Schotten angreifen und ich ahne schon die vielen Toten. Ich möchte nicht, dass du dies mitansiehst. Es ist am besten, wenn du dich weit von jeder Aktion fernhältst.«

Er trat näher und legte die Hand an ihre Wange, ehe er in die Tasche griff und zu ihr sagte: »Dies ist mein Glücksbringer. Etwas sagt mir, dass du ihn während der Schlacht tragen solltest.« Er übergab ihn ihr, und es war ein Stein, den sein Vater ihm vor langer Zeit gegeben hatte.

Sie nahm den Glücksbringer und fuhr mit dem Finger über die kleine Oberfläche. »Du glaubst, er wird mich beschützen?«

»Aye.« Er hielt ihr seine Hand hin und sagte: »Komm, Mädchen. Vertrau mir. Die Engländer kommen bereits über die Brücke, immer zwei auf einmal. Wyot, du wirst sie beschützen.«

»Kann ich nicht den Schotten helfen? Ich werde alles tun, was ich kann«, bettelte er.

»Aye, du könntest in den hinteren Reihen helfen. Aber du wirst auch regelmäßig nach Cara sehen. Hast du mich verstanden?«

»Aye, Mylord«, antwortete er und seine Aufregung über den bevorstehenden Kampf war etwas, das ihrer Vermutung nach nur ein junger Mensch so empfinden konnten.

Sie fürchtete, ihn nicht wiederzusehen und griff mit ihrer Hand nach ihm, die er darauf mit seiner umschloss. »Mädchen, ich verspreche, dich zu beschützen, und wenn dies erledigt ist, wirst du deine Jungen zurückbekommen. Versprich mir, dass du in der Zwischenzeit kein Risiko eingehst.«

Sie straffte die Schultern und schritt zu ihrem Pferd, und stellte sich auf einen Baumstamm, aber er kam herüber und fasste sie um die Taille. Obwohl er eigentlich vorhatte, sie hinauf zu heben, sank sie an ihn, schlang ihre Arme um seinen Hals und weinte schließlich.

»Jetzt weinst du? Ich dachte, du wärst froh, dass ich Schotte bin.«

»Bin ich auch. Ich bin außer mir vor Freude, dass der Mann, den ich liebe, Schotte und kein Engländer ist. Ich wüsste nicht, wie das funktionieren würde.«

Gabriel erwiderte ihre Umarmung und küsste sie, bis Wyot hinter ihnen auftauchte. »Beeilung, Mylord«, ermahnte er in einem dringlichen Tonfall. »Ich höre noch mehr Pferdegetrappel.«

»Gehen wir, die englische Kavallerie setzt über die Brücke. Ich bringe dich in Sicherheit und schließe mich dann meinen schottischen Brüdern in diesem Kampf an.«

Er führte sie weit vom Wald weg zum Herrenhaus, das für die Frauen und die Verwundeten reserviert war. Nachdem er fort war, wandte sie sich an Wyot und flüsterte: »Viel Glück den Schotten.«

Eine ganze Zeit lang kaute Cara auf ihren Nägeln, während sie das Ende der Schlacht abwartete. Sobald ein beträchtlicher Anteil der englischen Kavallerie die Brücke hinter sich gelassen hatte, stürmten die Schotten aus den Wäldern und vom Berg herunter, wobei sie ihre Speere schwenkten und für alle hörbar ihren Schlachtruf herausschrien. Kurz vor dem Einsturz der Brücke bei dem viele der Engländer im Wasser landeten, schallte ein Horn über die Landschaft. Wallace selbst setzte dem Anführer der englischen Truppen nach, so hörte Cara. Die Schotten schlugen die Engländer mit Leichtigkeit in die Flucht, von denen viele versuchten, durch den Fluss zurückzuschwimmen.

Sie war nicht die einzige Frau in der

Umgebung und verbrachte die meiste Zeit im Herrenhaus, um Hand anzulegen, wo sie konnte. Einige stahlen sich davon, um zu sehen, was auf der anderen Seite von Abbey Craig und der Brücke vor sich ging, und kehrten dann zurück, um die anderen ins Bild zu setzen. Sie und etwa zwanzig andere Frauen kochten, putzten und halfen den Verletzten und Kranken, wo immer sie konnten. Diese Geschäftigkeit war ein Segen. Wenn es nichts zu tun gab, wurde das Warten fast unerträglich.

Es waren mehrere Haufen Wolle vorhanden, und so begann sie, die Wolle zu einem Schal zu stricken, was sie beschäftigen würde. Sie harrten so lange dort aus, dass sie einen kleinen Schal für Brice zustande brachte.

Letztendlich zogen sich die Engländer tatsächlich zurück, doch in der Zwischenzeit hatten sie Tausende von Männern verloren, während es bei den Schotten nur Hunderte waren. Die Brücke war zerstört, und die Engländer, die überlebt hatten und von denen ein Großteil über den Fluss zurückgeschwommen war, flohen gänzlich aus dem Gebiet, wobei überall Leichen zurückblieben.

Cara konnte nur daran denken, dass die Schotten endlich einen großen Sieg errungen hatten. Sie würde wieder mit ihren Jungen zusammen sein. Sie betete inständig, dies würde das Ende der Folterungen ihres Volkes durch König Edward bedeuten.

Dann verbrachte sie lange Zeit mit der

Versorgung der verwundeten Schotten und dem
Kochen von Gemüseeintopf für die Männer.

Ihre Gedanken waren jedoch bei ihren Söhnen.
Sie wollte zu ihnen.

Wo war Gabriel, und wann würde er sie von
diesem Schlachtfeld fortbringen?

KAPITEL ZWÖLF

AM NÄCHSTEN MORGEN kehrte Gabriel endlich zurück. Er war blutig und schmutzig, aber unverletzt. Sie schlang ihm die Arme um seinen Hals und küsste ihn. »Du bist gesund?«

»Ja, ich bin noch in einem Stück.« Er wischte sich über die Stirn, ergriff ihre Hand und führte sie vom Herrenhaus fort. »Komm, wir müssen reden. Es gibt etwas, worum ich mich kümmern muss.« Sie folgte ihm nach draußen, zu einem stillen Ort zwischen den Bäumen. Er küsste ihren Handrücken und ergriff das Wort: »Ich muss etwas erledigen. Hier bist du sicher. Ich verspreche, zu dir zurückzukommen, sobald es mir möglich ist.«

»Aber was musst du tun?«, fragte sie verwirrt. »Ich möchte nicht länger von dir getrennt sein.«

»Ich werde Wyot bei dir lassen. Denke auch daran, dass du meinen Glücksstein hast. Mein Vater hat geschworen, er würde spüren, dass man Hilfe braucht, wenn man ihn reibt.« Er zuckte mit den Schultern. »Damals hielt ich seine Worte für albern, doch er hat fest an seine Macht geglaubt. Er sagte, er würde mir helfen, wenn ich ihn je bräuchte.«

»Nimm mich mit«, flehte sie. »Ich kann dir helfen.« Verzweifelt über seine Absicht, sie zu verlassen, drückte sie seine Hand ganz fest. »Aber meine Jungen. Du könntest mich zuerst zu ihnen bringen. Was ist, wenn du nicht zurückkehrst? Ich weiß nicht, wo sie sind.«

»Mir bleibt jetzt keine Zeit, dich dorthin zu bringen, aber ich verspreche, zurückzukommen. Ich habe etwas zu erledigen, das keinen Aufschub duldet.«

Er küsste sie auf die Wange und schritt zu seinem Pferd, dessen Zügel an einem nahen Baum angebunden waren.

Sie konnte ihn nicht ziehen lassen. »Gabriel, bitte verlass mich nicht.«

»Verzeih mir, aber ich muss.«

Der Ausdruck seiner Augen machte ihr Angst – und er verriet ihr auch, was er vorhatte. Gabriel wollte den Mann suchen, der seine Frau getötet hatte. Er tätschelte sein Pferd und band die Zügel los.

Sie rannte hinter ihm her und rief: »Wo willst du hin? Es ist vollbracht. Die Schotten haben den Sieg über die Engländer errungen. Du seist im Herzen ein echter Schotte, hast du mir gesagt. Was zieht dich in die Ferne?«

Er drehte sich um und schaute sie an. »Vergeltung. Ich kann nicht ruhen, bis ich mich an dem Mistkerl gerächt habe, der meine geliebte Della getötet hat. Verstehst du nicht, dass ich es für sie tun muss?«

Freilich hatte sie gewusst, was er im Sinn hatte. Seine Mission trieb ihn seit Monaten, wenn nicht seit Jahren. »Der Baron? Er ist es, den du jagst? Wo wirst du ihn finden? Ich kann dir helfen, wenn du ihn festnehmen willst.«

»Ihn festnehmen?«, fragte er in finsterem Ton und bestieg sein Pferd. »Oh, ich werde ihn nicht festnehmen. Ich beabsichtige, ihn zu foltern, so wie er es mit Della getan hat. So wie er es mit dir getan hat. Ich liebe euch beide. Das schulde ich euch beiden. Ich muss seine Verfolgung aufnehmen.« Die wilde Entschlossenheit in seinem Blick sagte ihr, dass er in dieser Sache nicht so leicht nachgeben würde. »Ich habe bei den toten Körpern gesucht. Dort ist er nicht. Der feige Mistkerl ist am Leben.«

Cara musste ihn dazu bringen, dass er seine Wut hinter sich ließ. Wenn er seinem Wunsch nachgab, würde ihn dies sein restliches Leben verfolgen. Er würde es ganz bestimmt bedauern, auf das Niveau des Schurken zu sinken. Der Durst nach Rache hatte ihren Ehemann zerstört – seine Gründe waren berechtigt gewesen, doch die Düsternis hatte sich in seine Seele geätzt, bis sie ihn innerlich zerfressen hatte. Sie konnte nicht ertragen, einen weiteren Mann in ihren Krallen landen zu sehen. Insbesondere nicht den Mann, den sie liebte.

»Gabriel, bitte«, flehte sie. »Verfolge ihn nicht.«

Sie lief hinter seinem Pferd her und rief ihm zu, doch dieses Mal ignorierte er sie. Schließlich drehte er sich zu ihr um. »Ich weiß, dass du mich für verrückt hältst, aber warum sollte ich Baron Hepple nicht verfolgen? Er hat meine Frau umgebracht und dich gequält. Jetzt wird

er wie die anderen Engländer auch mit dem
Leben bezahlen. Ich werde zu dir zurückkehren,
wenn dies endlich vorbei ist und nicht vorher.
Er ist der Grund, warum ich für die Schotten
spioniert habe, damit ich immer wusste, wo ich
ihn finden konnte. Damit ich meine Gelegenheit
finden konnte, in seine Nähe zu gelangen. Es tut
mir nur so leid, dass ich ihn nicht daran hindern
konnte, dich auszupeitschen. Diesem Mistkerl
beizustehen war das Schwierigste, was ich je getan
habe. Das Wort Hass ist nicht stark genug, um
meine Empfindung gegen ihn zu beschreiben,
und er wird für seine Sünden bezahlen.«

Er ruckelte an den Zügeln und trieb sein Pferd
in einen schnellen Galopp.

Aber sie konnte ihn das einfach nicht tun lassen.

Sie erspähte ein weiteres, bereits gesatteltes
Pferd und sprang auf, was ihr knapp gelang und
dann folgte sie dem Staub, der hinter Gabriels
Pferd aufgewirbelt wurde.

Sie rasten durch Täler und Schluchten, durch
Wälder und offene Wiesen. Viele Male fürchtete
sie, ihn verloren zu haben, doch dann hielt er
abrupt an.

Vor ihnen befand sich eine kleine Gruppe
Engländer. Aus Angst, was passieren könnte,
hielt sie sich unter den Bäumen versteckt, denn
die Engländer waren drei gegen einen in der
Überzahl. Was konnte sie tun, um ihm zu helfen?
Gabriel sagte etwas zu zweien der Männer und
zu ihrer Überraschung saßen sie schnell auf und
ritten davon. Das ermöglichte ihm, sich dem

dritten Mann zuzuwenden und als sie näher kam, erkannte sie genau, wer es war.

Thorley Tremaine, der Baron of Hepple, lachte laut, als er Gabriels Worten lauschte, obwohl sie nicht in der Lage war, ihre Unterhaltung zu verfolgen. Dann hörte er auf zu lachen, und ein schockierter Ausdruck zeichnete sich auf seinem Gesicht ab, der allerdings sogleich verschwand, als Gabriel ihn mit der Faust schlug. Er traf ihn mit zwei Schlägen im Gesicht und einem in seinen Bauch, womit er ihn zu Boden streckte.

Hepple musste gerade erkannt haben, wo Gabriels wahre Loyalität lag.

Gabriel nahm einen Strick von seinem Pferd und dann packte er Hepple, um ihn zu einem Baum in der Nähe zu zerren. Der Mann hielt seinen Arm auf sonderbare Weise, als ob er im Kampf verletzt worden wäre.

Würde er ihn wirklich hängen? Einen kaltblütigen Mord begehen? Einen Mann im Kampf zu töten war eine Sache, aber dies war etwas gänzlich anderes.

Cara schrie seinen Namen und er hielt inne.

»Gabriel, bitte tu das nicht. Wenn man dich erwischt, könntest du verhaftet und gehängt werden. Ich brauche dich. Wir brauchen dich. Ich möchte meine Jungen holen und mit dir in die Highlands kommen. Bitte lass ihn frei und komm mit mir«, flehte sie in der Hoffnung, er würde zur Vernunft kommen, obwohl sie augenblicklich nicht sicher war, ob er dazu überhaupt imstande war. Er hatte den gleichen entschlossenen Blick wie George, als dieser sie gezwungen hatte,

wieder und wieder für einen Kampf zu üben,
von dem er die ganze Zeit gewusst hatte, dass sie
ihn ohnehin verlieren würden.

»Nein, das werde ich nicht tun«, rief er. »Er hat
nichts anderes verdient. Weißt du nicht, was er
verbrochen hat? Habe ich dir nicht erzählt, wie
er meine süße Della ums Leben gebracht hat?«

»Ach, Gabriel. Ich flehe dich an. Vergiss ihn.
Er ist deine Mühe nicht wert. Du kannst nicht
wirklich glauben, alles würde wieder gut, wenn
du es ihm mit gleicher Münze heimzahlst.« Sie
blieb stehen und knetete die Hände vor sich,
während der Mann, dem ihre Liebe gehörte,
wütend vor ihr auf und ab marschierte und dabei
das Seil schwang.

»Erlaube mir, dir die Geschehnisse im
Einzelnen darzulegen, Cara. Vielleicht verstehst
du es, wenn du hörst, was er getan hat. Hast
du nicht davon gehört, wie König Edward in
Berwick einmarschiert ist und die Grenzländer
im Namen Englands besetzen wollte? Wie er die
Burg einnahm und seine Männer anschließend
durch die Stadt ziehen ließ, um Bewohner
umzubringen – ob Männer, Frauen, Kinder? Sie
töteten Tausende Menschen, so viele, dass sich der
Fluss von all dem Blut rot färbte. Und er wollte
nicht aufhören. Nicht bis er zwei Tage später
durch die Stadt ging, um sich ein Bild über die
Ausführung seiner Befehle zu machen und was
sie bewirkt hatten. Ihm bot sich ein Anblick von
einer Abscheulichkeit, dass er eine Fortsetzung
nicht ertragen konnte. Selbst der Mann, den
man den Hammer der Schotten nennt, war nicht

imstande, zu tolerieren, was er da mit seinen Augen sah.«

Gabriel ließ den Kopf hängen, und ein Schluchzen fing an, seinen Körper zu erschüttern. Er fuhr sich mit den Händen an die Augen, um seine Tränen aufzuhalten.

»Gabriel, es tut mir so leid.« Sie trat näher zu ihm heran, in der Hoffnung, ihm helfen zu können, mit dieser schrecklichen Erinnerung fertigzuwerden.

Er schluchzte an ihrer Schulter. »Er befahl ihnen, aufzuhören, als er mit ansah, wie seine Männer eine schwangere Frau ums Leben brachten ...«

»Nein ...«, weinte sie, und ihre Tränen vermischten sich mit seinen, während sie sich aus Furcht vor dem, was nun kommen würde, die Hände über die Ohren hielt.

»Aye, meine süße Della. Baron Hepple und seine Männer wurden beim Mord an meiner lieben Della ertappt. Eine so verabscheuungswürdige Tat, dass sogar der König ihr Einhalt gebot. Obwohl es für meine Frau zu spät war.«

Ihr brach das Herz bei diesem Gedanken. »Wie hast du es herausgefunden?«

»Ich habe Della gesehen, nachdem sie gegangen waren. Della hatte begonnen, unser Kind zur Welt zu bringen, also brachte ich sie zur Hebamme. Die Hebamme untersuchte sie und urteilte, es sei noch nicht so weit. Nicht vor morgen oder übermorgen, weil es unser erstes Kind war.« Er schritt vor ihr hin und her, während ihm diese grauenhaften Einzelheiten durch den Kopf gingen. »Diese grausamen Engländer zu bekämpfen und sie zurückzutreiben, hielt ich für den besten Weg, sie zu beschützen. Ich wollte an jenem Abend zu ihr zurückkehren, ehe sie unseren Sohn zur Welt brachte. Aber es war zu spät.« Er zerrte so heftig an seinem Haar, dass sie fürchtete, er würde es sich ausreißen. Tränen rannen ihm über die Wangen.

Wenn es möglich wäre, würde sie ihn noch mehr lieben, als sie ihn weinen hörte. Die Liebe zu seiner Frau, seine Leidenschaft für seine Überzeugungen waren so stark, dass sie von Demut ergriffen war.

Er unterbrach seinen unruhigen Gang und fuhr fort. »Selbst ich hätte nie gedacht, dass er zu einer solchen Tat fähig wäre.« Ihm stockte der Atem, und er richtete den Blick zu Boden. »Ich hatte mich geirrt. Als ich zurückkam und sie fand, hielt ich sie in meinen Armen, brüllte meine Wut heraus und schwor dem Scheusal Rache. Harold hat es mitangesehen. Er erzählte mir davon und half mir, ihre Leiche zu vergraben, und seitdem habe ich Hepple Rache geschworen. Er verdient, bei lebendigem Leib gehäutet, gefoltert, geköpft zu werden, einfach alles, was möglich ist.«

Sie schluchzte und schluchzte, doch dann brandete seine Wut wieder auf. »Und ich werde dafür sorgen, dass er dafür bezahlt.« Er wirbelte herum, denn der Baron hatte durch den Schlag, der ihm versetzt worden war, zu stöhnen begonnen.

Cara eilte an Gabriels Seite und fasste ihn am Oberarm. »Nein, bitte komm mit mir. Lass ihn,

Gabriel. Wenn du tust, was du sagst, wird es dich
für den Rest deines Lebens verfolgen.«

Er drehte sich wieder um und schrie sie an.
»Siehst du denn nicht? Was er getan hat, verfolgt
mich jeden Tag, solange er lebt. Ich muss es tun.
Es lastet auf meinem Gewissen, mich an ihm für
das zu rächen, was er Della und auch dir angetan
hat.«

Dann ließ er sie stehen und kehrte mit
unveränderter Entschlossenheit zum Baron
zurück.

»Gabriel, ich flehe dich an. Komm mit mir.
Wir werden meine Söhne holen und in den
Highlands leben. Ich liebe dich, bitte tu es nicht.«

Etwas blitzte in seinen Augen auf, und plötzlich
war er wieder der Gabriel, den sie kannte und
liebte. Er schritt zu ihr herüber, das Gesicht
tränenverschmiert und doch entschlossen. Er
ergriff ihre Hände und sagte: »Cara, wenn ich tue,
was du verlangst, wird er leben, und noch mehr
Frauen und Kinder töten. Bist du in der Lage,
damit zu leben? Ich kann nicht jede Nacht damit
zubringen, mich zu fragen, wen er als Nächstes
foltern wird.«

Ihr liefen die Tränen über das Gesicht, denn
sie wusste, wie recht er hatte. Wie stand Gott zu
solch einem Thema? Hepple war boshaft und
er musste aufgehalten werden. Hier, mitten in
Schottland, gab es keine Geschworenen, die ein
Urteil über ihn fällen konnten, kein Gericht,
keine Sheriffs. Das Land befand sich in Aufruhr,
solange Ruchlose wie Thorley Tremaine lebten.

Gabriel hob seinen Daumen, um ihre Tränen

wegzuwischen. »Ich verbringe meine Zeit lieber damit, dich jede Nacht zu lieben, dich in meinen Armen zu halten, ohne mich sorgen zu müssen, dass er uns folgen könnte. Er kennt nun mein Herz und weiß um meine wahre Loyalität. Er hatte eine Belohnung für unsere Ergreifung ausgesetzt. Soll ich ihn freilassen, damit er uns folgen und quälen kann?«

Cara blickte dem Mann in die Augen, den sie liebte, dem Mann, der ihre Söhne unaufgefordert beschützt hatte, der diesem Scheusal, das danach getrachtet hatte, sie mit seiner Peitsche und seinen Worten unterzukriegen, Einhalt geboten hatte.

Und ihr kam die Erkenntnis, dass er recht hatte. Hepple zu befreien, würde niemandem nützen, aber vielen zum Schaden gereichen. Der Mann könnte ihr folgen oder ihren Jungen auflauern.

Das durfte sie sich gar nicht vorstellen. Sie ließ ihre Hand zu Gabriels Brust wandern und flüsterte: »Tu, was du für richtig hältst, aber ich kann nicht zuschauen.«

»Das verstehe ich. Es tut mir leid, Cara, aber mir bleibt keine Wahl.«

Langsam drehte Cara sich um und ging schluchzend davon. Sie weinte um den Mann, den sie liebte, und um die Frau und den Sohn, die er verloren hatte. Dann blieb sie stehen und sagte: »Gabriel?«

»Aye?«, fragte er und drehte sich zu ihr um.

»Bitte lass dich nicht so weit herab, wie dieses Ungeziefer. Ich verstehe, dass du zu tun hast, was du tun musst, aber sei dabei der starke Mann, der du bist. Mach es schnell. Ich wünsche mir viele

Jahre mit dir, und ich möchte dich nicht von Reue geplagt erleben.«

Cara bestieg ihr Pferd und ritt zum Herrenhaus bei der Stirling Bridge zurück, wobei sie den frischen Spuren folgte, die sie in ihrer Eile hinterlassen hatte. Während ihres Ritts betete sie um Führung von einem Leitengel, den sie vielleicht hätte. Sie verstand, warum Gabriel die Entscheidung getroffen hatte, Hepples Leben ein Ende zu machen, doch sie verabscheute es, darüber nachzudenken.

Ihre Mutter hatte ihr stets versichert, dass Leitengel über sie wachten und sie führen würden, wenn sie sich je auf ihrem Weg verloren fühlte. Jetzt fühlte sie sich verloren.

Ihre Gedanken wanderten zu ihren Kindern. Es fühlte sich an, als ob sich eine Schnur in ihrer Brust spannte, die sie zu ihren Söhnen hinzog. Sie brauchte ihre Söhne und ihre Söhne brauchten sie. Sobald Gabriel zurückkehrte, würde sie ihn bitten, sie umgehend zu ihnen zu bringen.

Sie erreichte das Herrenhaus vor Einbruch der Dunkelheit, doch der Gedanke, Gabriel allein zu lassen, bedrückte Cara. Sie machte Wyot ausfindig, der mit der Versorgung der Verwundeten auf dem Schlachtfeld beschäftigt war. Beim Anblick von all dem Blut rebellierte ihr Magen, also trat sie ein Stück beiseite, um die frische Luft einzuatmen und sich am Rande aufzuhalten. Selbst so hörte sie einige Gespräche mit, die ihr nicht gefielen. Es waren Geschichten

von Familien, die durch das Kriegsgeschehen aus
ihren Häusern vertrieben worden waren. Die
Engländer töteten jeden Schotten, den sie sahen.
Plünderer zogen von Haus zu Haus und töteten
oder stahlen alles, was ihnen in die Quere kam.

Nach dem letzten Kommentar entschied sie,
dass sie nicht länger warten konnte. Sie mochten
die Schlacht gewonnen haben, doch ihr Sieg
hatte die Engländer empfindlich getroffen. Was
bedeutete, dass ihre Jungen in größerer Gefahr
waren als je zuvor. Sie hielt nach Wyot Ausschau,
um ihn in Kenntnis zu setzen, dass sie fortging,
aber sie konnte ihn nicht finden. Er war auf der
anderen Seite von Abbey Craig gewesen und jetzt
war er verschwunden. Ein merkwürdiges Gefühl
überkam sie. Es war fast, als würde jemand hinter
ihr stehen und sie zu ihrem Pferd drängen.

Vielleicht hatte sie einen Leitengel.

Sie würde ihre Söhne selbst finden müssen. Sie
bestieg ihr Pferd und hielt sich in die Richtung, in
die Gabriel sie vorher geführt hatte, wobei ihr die
Orientierungspunkte noch frisch in Erinnerung
waren.

Ihre Jungen waren von ihr abhängig.

Sie brauchte nicht lange, um das Haus zu
finden. Obwohl sie einige Male falsch abbog,
verirrte sie sich nicht für lange. Sie hatte sich die
Orientierungspunkte auf ihrem Weg sorgfältig
eingeprägt und ihr Wissen leitete sie nun.
Schließlich kam sie in der Nähe des Hauses an. Für
ihren ausgeprägten Orientierungssinn dankbar,
saß sie ab und dachte an den Gesichtsausdruck
ihrer Söhne, wenn sie sie wiedersahen.

Als sie auf die Vorderseite des Hauses zuging, verwünschte sie sich selbst dafür, Gabriel nicht weitere Fragen über die Bewohner gestellt zu haben. Zumindest hatte er ihr versichert, dass die Person Schotte war. Sie hatte keine Ahnung, nach wem sie Ausschau hielt oder wem das Haus gehörte. Auf ihr Klopfen antwortete jedoch niemand. Die einzige Antwort, die sie bekam, bestand aus einer unheimlichen Stille, die ihr überhaupt nicht gefiel.

Als sie die Tür öffnete, war sie überrascht, sie unverschlossen vorzufinden. Wenn es auch einmal Gewohnheit gewesen war, die Türen unverschlossen zu lassen, hatten die Menschen allmählich mehr Vorsicht walten lassen, sobald die Engländer zu ihren Angriffen tief im Inneren Schottlands übergegangen waren. Das dachte sie jedenfalls.

Das Haus war verlassen. Ihr Herz pochte ihr bis zum Hals, als sie die Treppe hinaufrannte, und dann in die Küche an der Rückseite und durch alle Schlafzimmer.

Leer. Sie waren alle leer. Fieberhaft durchsuchte sie jedes Schlafzimmer noch einmal auf der Suche nach Beweisen, dass ihre Söhne hier gewesen waren – nach irgendetwas überhaupt. Sie fand nichts. Die Tränen flossen ihr über die Wangen und eine Hoffnungslosigkeit, wie sie sie noch nie zuvor erlebt hatte, bemächtigte sich ihrer.

Sie sank auf eines der Betten in einer kleineren Kammer und packte ein Kissen, um dann festzustellen, dass ihm der Geruch ihres Sohnes Brice anhaftete. Es war dieses süße Aroma, das nur kleine Kinder verströmten, und das sie irgendwann in einem Alter zwischen fünf und zehn Jahren verloren.

Wieder sog sie die Luft ein und hielt den Stoff dicht an ihre Nase, wobei sie zweifelsfrei wusste, dass ihr Sohn hier geschlafen hatte.

Wohin waren sie gegangen?

Sie rollte sich auf die Seite, drückte das Kissen an ihr Gesicht und schluchzte, bis sie keine Tränen mehr hatte. Dann griff sie in die Tasche und zog den Stein hervor, den sie von Gabriel bekommen hatte und rieb ihn. Denn es war das Einzige, was ihr einfiel.

KAPITEL DREIZEHN

GABRIEL BEWEGTE SICH auf den hingestreckten Körper des Mannes zu, den er so lange gehasst hatte. Thorley Tremaine, der Baron of Hepple. Der Mann, der die Hinrichtung so vieler Frauen und Kinder befohlen hatte. Der Mann, der so verabscheuungswürdig war, dass selbst der König, der als der Hammer of the Scots bekannt war, seinem Massaker ein Ende gemacht hatte.

Er hatte den Tod verdient. Er hatte es verdient, gequält und an seinen Hoden aufgehängt zu werden.

Warum suchte ihn dann ein Engelsgesicht heim und bat ihn, ein stärkerer Mann zu sein, und mit ihr zu kommen, um ihre Söhne zu holen, um ein neues Leben in den Highlands zu gründen – weit weg von all dem Schmerz und den Tragödien ihres Landes?

Ein merkwürdiges Gefühl der Ruhe bemächtigte sich seiner, als er auf den grausamen Mann hinabblickte, der in diesem Moment so verletzlich war. Dieser kleine Mann, der Gabriel nicht wehtun könnte, wenn er es versuchte, jedenfalls nicht ohne ein Heer von Rittern hinter ihm.

Er war von der Art von Mann, die es genoss, brutal gegen Frauen vorzugehen, weil sie selbst so schwach waren.

Vielleicht hatte Cara recht. Er fand einen Felsblock in der Nähe und setzte sich, wobei er über alles nachdachte, was sie besprochen hatten, während die Sonne langsam am Horizont unterging. Er hatte keine Ahnung, wie lange er hier gesessen hatte, aber nach einiger Zeit nahm er eine Bewegung aus dem Augenwinkel wahr. Es war der Baron, der seine Waffe an sich bringen wollte.

»Du hast gedacht, ich sei die ganze Zeit bewusstlos gewesen, Dummkopf?«, fragte der Mann grimmig, als er aufsprang. Er griff Gabriel mit seinem hoch erhobenen Schwert an.

Es ging alles so schnell, dass Gabriel kaum Zeit genug zum Reagieren hatte. Seine Instinkte waren aber schneller als Hepples und er drehte sich zur Seite, und schwang dem Mann sein Schwert gegen die Brust, wobei er ihn an den Rippen erwischte, was dessen Vorwärtsbewegung umgehend anhielt.

Gabriel schaute Tremaine in die Augen und meinte: »Dies ist für meine Della.« Als der Mistkerl zu Boden fiel, war sein Gesicht wachsbleich vor Schock. Und Gabriel trieb sein Schwert tief in sein Herz. Hepple gurgelte und gab einen letzten Schrei von sich, ehe seine Lebenskraft zusammen mit seinem Blut aus seinem Körper floss.

Gabriel trat zurück und nachdem er seine Waffe herausgezogen und gesäubert hatte, entkam ihm ungewollt ein Seufzen der Erleichterung, als hätte sich die Wunde tief in seinem Inneren endlich geschlossen und ihn von der Anspannung befreit, die ihn so lange gefangen gehalten hatte. Er rieb sich die Augen, und darüber, dass dieser Mistkerl nie wieder eine Frau oder ein Kind quälen würde, empfand er eine gewisse Befriedigung. Das galt sogar noch mehr, da er es weder gegenüber sich selbst noch Della oder Cara an Respekt hatte fehlen lassen.

Er hörte seinen Namen, der von weit entfernt gerufen wurde, und drehte sich um, da er sehen wollte, wer ihn gerufen hatte. Sofort wusste er, dass es Wyot sein musste. Der liebe Wyot, der ihm auf seiner elenden Reise zur Seite gestanden hatte. Doch etwas war anders.

Wyot lächelte nicht mehr. Wieder warf er einen Blick zur Sonne und er wunderte sich, wie lange er schon hier war.

»Mylord, Mylady war allein. Ich habe sie bei dem Schlachtfeld gesehen, als ich bei den Verwundeten geholfen habe, doch dann ist sie verschwunden. Ich bin zum Herrenhaus zurückgekehrt, in dem ihre Söhne versteckt waren, denn das war der einzige Ort, den ich mir vorstellen konnte, an den es sie hingezogen haben könnte.« Er hielt einen Moment inne, um wieder zu Luft zu kommen. »Die Kinder sind nicht dort. Mylady ist am Boden zerstört. Sie liegt mit einem Kissen neben dem Gesicht auf dem Bett und starrt zur Decke. Es war sehr merkwürdig. Sie hat nicht mitbekommen, dass ich dort war. Was soll ich tun?«

»Mist«, rief er aus, wobei er dem Baron einen weiteren Blick zuwarf. »In Ordnung. Ich bin hier endlich fertig, Bursche.«

»Ihr habt ihn umgebracht?«, fragte Wyot mit großen Augen.

»Er hat mich zuerst angegriffen. Ich hatte keine Wahl. Aber ja, ich habe ihn umgebracht.« Überrascht stellte er fest, dass sich dieses Szenario genauso für ihn entwickelt hatte, wie es sein sollte. Er hatte mehrere Monate damit zugebracht, sich vorzustellen, wie er Hepple quälen könnte, wenn der grausame Mann endlich seiner Gnade ausgeliefert war. Er hatte ihn umgebracht und sein Rachedurst war gestillt. Er ging zum Baron hinüber und versetzte dem Körper einen letzten Tritt, ehe er nach den Zügeln des Pferdes griff, das der Mann geritten hatte, und das Tier zu Wyot führte. »Wir werden sein Pferd nehmen. Die Bussarde können sich an seinen Überresten laben.«

»Aber Mylady … Wir müssen uns beeilen.«

»Ich werde sie holen, mach dir keine Sorgen.« Die Hände in die Hüften gestemmt, blickte er zum Himmel auf und fragte sich, warum der Herr ihm dieses süße Mädchen und ihre Jungen geschickt und ein verzweifeltes Bedürfnis in ihm geweckt hatte, sie zu beschützen, dass er seine Pläne für seine letzte Vergeltungsmaßnahme nicht in die Tat umsetzen konnte. Ihm entging die Ironie nicht, die darin lag.

Eine plötzliche Wärme in seinem Herzen

unterbrach seine Gedanken und veranlasste ihn, nach seinem Stein zu greifen. Dann erinnerte er sich daran, dass er ihn Cara gegeben hatte. Hatte sein Vater recht? Konnte sie ihn durch diesen Stein rufen?

Er konnte nicht anders, als bei diesem unerhörten Gedanken zu lachen, aber er klang trotzdem wahr. »Wyot, wir müssen zu ihr. Ich weiß es. Wenn wir näher bei ihr sind, werde ich dich ins Gasthaus schicken, um Speisen, Brot, Haferfladen oder irgendetwas Essbares zu besorgen. Wir alle brauchen etwas zu essen.«

Wyots Lächeln war zurückgekehrt. »Aye, Mylord. Werdet Ihr sie heiraten? Was meint Ihr?«

»Wenn sie mich haben will. Aber ich bin so ein Blödmann, dass sie mich vielleicht nicht will.«

Er saß auf und dann ritten sie, ohne von irgendjemandem aufgehalten zu werden. Die Engländer hatten viele Männer verloren, und die mangelnde Aktivität auf den Wegen war neben der Anzahl der toten Körper, der sie ansichtig geworden waren, der solideste Beweis für ihre Niederlage.

Als sie sich der Weggabelung näherten, winkte er Wyot in Richtung des Gasthauses. Er wusste, dass die Szenerie im Herrenhaus nicht angenehm wäre. Er hielt direkt davor an und bemerkte, dass ihr Pferd sie glücklicherweise nicht im Stich gelassen hatte. Er tätschelte dem Tier die Flanke und gab ihm einen kleinen Apfel.

Das Herrenhaus war, genau wie er erwartet hatte, verwaist. Leise trat er ein und lauschte auf ein Schluchzen, doch er hörte nichts. Bald würde die Sonne untergegangen sein, also suchte er nach einer Fackel, die er anzündete.

Wyot hatte ein Schlafzimmer erwähnt, also stieg er die Stufen hinauf und warf einen Blick in jedes Zimmer, bis er sie fand.

Es war schlimmer, als er sich vorgestellt hatte. Er steckte die Fackel in eine Halterung auf dem Gang, nachdem er ein Talglicht im Zimmer angezündet hatte. »Cara?«

Nichts. Sie lag wie aus Stein auf dem Bett, ohne sich zu bewegen, und presste noch immer das Kissen an ihre Brust. »Cara, ich bin es. Du hattest recht. Am Ende konnte ich es nicht. Du bist mir wichtiger.«

Noch immer keine Reaktion. Ihre Augen waren offen, aber auf nichts Bestimmtes gerichtet. Er führte seine Hand vor ihrem Gesicht entlang, doch ihre Augen bewegten sich nicht. Es war, als würde sie nichts sehen.

»Liebling, ich habe die Jungen fortgebracht.«

Gott sei Dank drehte sie den Kopf und blickte ihn an. »Meine Jungen sind fort. Ich habe niemanden mehr«, flüsterte sie. Er erwartete, dass sie in Tränen ausbrechen würde, aber es kam nichts.

»Ach, Mädchen.« Er hob sie so sanft hoch, wie er nur konnte, und setzte sich mit ihr in einen Sessel, um sie wie ein kleines Baby zu wiegen. »Nein, du hast mich. Und deinen Söhnen geht es gut. Ich habe sie woandershin gebracht. An einen anderen Ort, als ich hörte, dass die Schlacht die Engländer hier in die Nähe führen könnte.«

»Das hat du getan? Du hast sie fortgebracht?

Sie leben?« Die Hoffnung in ihrem Blick traf ihn wie eine Faust in die Magengrube, denn er hatte dies getan, ohne ihr etwas zu sagen. Er hatte gefürchtet, sie könnte entführt und gezwungen werden, ihren Aufenthaltsort zu verraten und ihre Sicherheit lag ihm auch am Herzen.

»Aye, sie leben und ich werde dich morgen zu ihnen bringen, aber zuerst musst du mir eine Frage beantworten.«

Seufzend berührte sie mit ihrem Finger seine Unterlippe und ihr Blick forschte in seinem Gesicht. »Ich bin so froh, dass du zu mir zurückgekehrt bist.« Sie beugte sich vor und als sie ihn dann küsste, labte sie sich an ihm, als sei sie tagelang verzweifelt gewesen – ein wimmernder Laut entrang sich ihrer Kehle, der ihn beinahe aus dem Konzept brachte. Er hatte das Bedürfnis, ihr seine Frage zu stellen, und beendete den Kuss.

»Meine Frage? Bitte? Du lenkst mich ab.«

»Wie lautet sie?«, flüsterte sie.

»Ich liebe dich. Willst du mich heiraten, Cara Breckenridge?«

Ihre Augen leuchteten auf. »Ja, ich will dich heiraten. Du hast mir so viel Freude bereitet und mich beschützt.«

»Aber liebst du mich auch? Hast du noch Gefühle für mich, nachdem ich dich habe gehen lassen? Ich bedaure, dass ich mich in einer Rage befand, die von mir nicht kontrollierbar gewesen war. Mir geht es nicht um dein Mitgefühl, Mädchen, ich brauche deine Liebe.« Gabriel wusste nicht, wie er ihr erklären sollte, dass ihre Antwort für ihn alles bedeutete. Er war der festen

Ansicht, mit ihrer Liebe und Unterstützung die Befähigung zu besitzen, alles zu tun und alles zu überleben. Es würden noch harte Zeiten auf sie zukommen.

»Ja, ich liebe dich von ganzem Herzen, Gabriel Montgomerie, und ich habe dich schon geliebt, als ich dich noch für einen Engländer gehalten habe.« Als sie lächelte, musste er schmunzeln und dann küsste er sie aufs Neue.

Diesmal beendete sie den süßen Kuss. »Vollziehe den Liebesakt mit mir, bitte? Jetzt? Ich möchte mich eins mit dir fühlen.«

Knurrend hob er sie hoch und setzte sie neben dem Bett ab, ehe er seine Kleider fallen ließ und ihr beim Ausziehen ihrer eigenen half. »Weißt du, wie lange ich davon geträumt habe, Mädchen?«

Seine Sehnsucht nach ihr nahm überhand. »Cara, du bist so schön.« Er streute eine Spur aus Küssen ihren Hals herunter, über ihre zarten Knochen, bis hinunter zu ihrer Brust. Mit seinen Zähnen streifte er über ihre Brustwarze und ließ sie zu einer straffen, rosigen Knospe aufrichten.

Sie bog sich ihm entgegen und fuhr mit den Fingern durch sein Haar, um ihn dann festzuhalten, während er den verlockenden Angriff auf ihre Brüste fortsetzte, indem er von einer zur anderen und wieder zurück wanderte. Sein Hunger nach ihr verzehrte ihn, und er zog alle Register, um die Leidenschaft zu wecken, die er tief in ihr erahnte. Er hob sie in seine Arme, und ihre Blicke verschmolzen, als er sie auf das Bett legte. Das von ihm angezündete Talglicht warf einen goldenen Schatten auf ihre Haut.

»Ach, süße Cara. Du weißt gar nicht, wie sehr es mich freut, zu wissen, dass du mir gehörst«, flüsterte er an ihrem Hals und zog die Bettdecke über sie, um sie in dem kalten Herrenhaus zu wärmen. Sie zitterte unter ihm, und er beeilte sich, ihren Körper mit dem seinen zu bedecken. »Soll ich ein Feuer anzünden?«

Sie schüttelte den Kopf, ein neckisches Grinsen umspielte ihre Lippen. »Nein, du bist die einzige Wärme, die ich brauche. Wenn wir in einer Höhle überleben können, bin ich sicher, dass wir auch hier zurechtkommen.«

Er küsste sie und seine Zunge schmeckte und neckte sie, doch er hielt das Warten nicht länger aus. »Nimm mich, mein Schatz. Nimm mich in dich auf, zeig mir, dass du mich liebst.«

Sie spreizte ihre Beine, um ihm den Zugang zu erleichtern, und legte die Hand um seinen Schaft, wobei die Hitze ihrer Hand ihn beinahe zu einem frühen Ende getrieben hätte, doch er schwor sich, die Zügel nicht schießen zu lassen. Die Art und Weise, wie sie ihn mit ihren schlüpfrigen Schamlippen kitzelte, kam einer Folter gleich, aber nach einigen Augenblicken öffnete sie sich für ihn und geleitete ihn dorthin, wo sie ihn haben wollte.

»Fülle mich aus, Gabriel. Ich will alles von dir.«

Cara hatte plötzlich eine Vorstellung von einem Leben, das sie nie für möglich gehalten hatte. In den Armen des Mannes zu liegen, den sie liebte, sich ihm hinzugeben und zu sehen, wie sie sich gegenseitig befriedigten, war die schönste Erfahrung, die sie je mit jemandem geteilt hatte. Als ihre Körper zu einer Einheit verschmolzen, schlang sie ihre Hände um seinen Hals und blickte zu ihm auf. Sie stieß einen leisen Schluchzer aus, denn das Gefühl der Fülle ließ sie innerlich mit einer für sie völlig neuen Lust ins Wanken geraten.

Es gab keinen Schmerz, keine Eile, keine Hast, zum Ende zu kommen. Stattdessen schaute er sie nur an und füllte sie vollständig aus, bis er langsam in ihr zu schaukeln begann und ein Bedürfnis in ihr weckte, das nur er zu wecken vermochte.

Sie schloss sich seinem Rhythmus an, steigerte das Tempo, wenn ihr danach war, und hielt noch seinen Blick fest. Nach einiger Zeit schloss er die Augen und flüsterte: »Cara, meine süße Cara. Haben wir uns nicht schon immer gekannt?«

Pulsierend drang er in sie und trieb ihre Begierde an den Rand eines Abgrunds, wie sie es noch nie erlebt hatte. Immer tiefer drang er mit seinen Stößen wieder und wieder in sie ein, und sie hielt den Atem an, in Erwartung auf alles, was er ihr noch schenken würde, bis sie in ihrer Ekstase explodierte, seinen Namen rief und ihre Nägel sich in seine Schulter gruben.

Er drang weiter wild in sie, bis er sich mit einem lauten Stöhnen versteifte, das in ein dumpfes Brüllen überging, während das Pochen tief in ihrem Inneren ihr weiterhin Freude bereitete, als er fertig war.

Gabriel schmiegte sich an sie und flüsterte ihren Namen: »Cara, du bist mein. Ich liebe dich.«

Seine Worte trieben ihr die Tränen in die Augen, Tränen des Glücks über die Schönheit dessen, was sie gemeinsam gefunden hatten. Er wollte sich zurückziehen, aber sie hielt ihn auf. »Nein, noch nicht. Ich mag dich, wo du bist.«

Er gluckste und knabberte an ihrem Hals. »Ich auch.« Er stützte sich auf die Ellbogen und meinte: »Wir suchen die erste Kirche, die wir finden können, damit ich dir meinen Eheschwur leisten kann. Einverstanden?«

»Einverstanden.«

Noch nie war sie so glücklich gewesen. Nur die Wiedervereinigung mit ihren Jungen könnte alles noch besser machen.

Eins nach dem anderen.

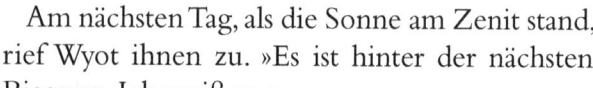

Am nächsten Tag, als die Sonne am Zenit stand, rief Wyot ihnen zu. »Es ist hinter der nächsten Biegung. Ich weiß es.«

Sie blickte zu der tiefen Wolkendecke hinauf und hielt nach dem gedämpften Leuchten der Sonne Ausschau. Ob es nun düster war oder nicht, würde sie diesen Mann heute heiraten, und sie hoffte auf ein glückliches Leben mit ihm. Tatsächlich kamen sie zu einer kleinen, aber schönen Kirche, die an der meistbenutzten Reiseroute in die Highlands lag. Wyot sprang vom Pferd und rief: »Ich gehe voraus.«

»Bursche«, blaffte Gabriel. »Bitte bleib bei Cara. Es können sich Engländer auf dem Land verstecken. Ich sehe ein einzelnes Pferd hinter der Kirche, und ich muss mich vergewissern, wem es gehört, ehe wir weiterreiten. Ich werde nachsehen.«

»Aye, Mylord.« Wyot machte eine ernste Miene, so wie immer, wenn er einen Befehl erhielt. Der Junge nahm seine Verantwortung sehr ernst.

Genau wie Bryan. Bald würde sie ihre Söhne wiedersehen, ein Gedanke, der ihr Herz heller strahlen ließ als die Sonne. Sie freute sich darauf, die beiden mit Wyot bekannt zu machen. Irgendwie wusste sie, dass die drei sich gut verstehen würden.

Als Gabriel sich der Kirche näherte, trat eine große Gestalt aus der Eingangstür, der einer kleineren Gestalt in einer Robe nachfolgte. »Wir haben auf euch gewartet«, sagte Harold und schenkte ihnen ein breites Lächeln und ein Zwinkern.

»Woher wusstet ihr, dass wir hierher kommen würden?«, fragte Gabriel.

»Ich weiß mehr, als du denkst. Ich bin nicht nur ein Koch. Tretet ein.« Er stellte den Priester hinter sich als Pater Mac Neil vor.

So heirateten sie an diesem ruhigen Tag in den Highlands. Wyot stand neben Cara und Harold neben Gabriel. Und es war in jeder Hinsicht perfekt, mit einer Ausnahme: Ihre Söhne waren nicht dabei.

Cara war so glücklich, diesen Mann zu heiraten, dass sie kaum hörte, was der Priester sagte, und stattdessen Gott dafür dankte, dass er Gabriel zu ihr geführt hatte, als sie so verzweifelt in Not war, und für seine Unterstützung der Schotten, damit sie sich gegen die Engländer hatten behaupten können.

»Bitte küsst die Braut«, forderte Pater Mac Neil auf.

Sie seufzte, als Gabriel seine Lippen auf die ihren legte. Es war eine sanfte, warme Berührung, die mit Kichern und Applaus von Wyot und einem lauten Jauchzen von Harold einherging.

Nun waren sie Mann und Frau.

KAPITEL VIERZEHN

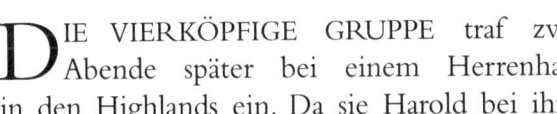

DIE VIERKÖPFIGE GRUPPE traf zwei Abende später bei einem Herrenhaus in den Highlands ein. Da sie Harold bei ihrer Hochzeit getroffen hatten, war dieser erfreut, sich ihnen anzuschließen, als sie vom allgemeinen Kriegsgebiet fortritten.

Gabriel half ihr beim Absitzen und sie bemerkte »Hier ist es weitaus kühler. Ich hoffe, die Jungs sind gesund.«

»Deine Burschen sind stark. Du brauchst dir keine Sorgen zu machen«, meinte er, und nahm die Satteltaschen, ehe er Wyot eine davon reichte.

Allerdings wollten ihre Füße sich nicht bewegen. »Warte, bitte. Gabriel, du hast mir nie gesagt, wer sich um sie kümmert.«

»Meine Mutter passt auf sie auf. Mein Vater ist vor langer Zeit an Fieber gestorben, aber sie liebt sie wie ihre eigenen Enkelkinder, Liebste.«

Wärme durchflutete sie, aber ihre Füße wollten sich immer noch nicht bewegen. Er strebte auf die Eingangstür zu und bemerkte erst jetzt, dass sie sich nicht rührte. »Cara? Es gibt keinen Grund, sich vor irgendetwas zu fürchten«, meinte er und drehte sich zu ihr um. »Wieso dieses Zögern? Du hast so darauf gewartet.«

»Was ist, wenn ...« Wie sollte sie ihm ihre Ängste erklären? »Was, wenn sie mich hassen, weil ich fortgegangen bin?«

Sie brauchte sich keine Sorgen mehr zu machen. Die Tür ging auf und ihre beiden Jungs stürmten aus dem Haus und rannten auf sie zu. »Mama?«, rief Brice. »Bist du es wirklich? Ich habe dich so sehr vermisst.«

Sie breitete die Arme aus, und Brice stürzte sich zuerst auf sie, und zu ihrer Überraschung umarmte auch Bryan sie fest.

»Wir haben dich so sehr vermisst, Mama«, versicherte Bryan. »Bleibst du hier, oder können wir jetzt noch nicht mit dir gehen?«

Tränen stiegen ihr in die Augen und benetzten ihre Wangen im Nu, während sie die Jungen umarmte und Dankesgebete für diesen Augenblick aufsagte. »Bitte«, flüsterte sie. »Erlaubt mir, meine lieben Jungen anzuschauen. Bitte!«

Sie weinte so heftig, dass sie glaubte, nie wieder aufhören zu können.

»Warum weinst du?«, fragte Brice, der zu ihr aufblickte. »Verlässt du uns wieder?«

Sie lachte und drückte ihn wieder an sich. »Nein, niemals. Das sind Freudentränen, mein Kleiner.«

Brice kicherte und umarmte sie noch einmal.

Da bemerkte sie, dass sie Gabriel gar nicht beachtet hatte. »Jungs, ich möchte euch meinen neuen Ehemann vorstellen. Das ist Gabriel

Montgomerie, und wir werden bei ihm leben, obwohl ich nicht genau weiß, wo.«

»Aber er ist Engländer, Mama«, sagte Bryan und sein Gesichtsausdruck versteinerte sich. »Ich erinnere mich an ihn.«

Gabriel trat auf den Jungen zu, der ihm fast bis zu den Schultern reichte. »Nein, ich bin ein echter Schotte. Ich habe die Engländer ausspioniert, um Robert the Bruce und William Wallace zu helfen. Und Wyot und ich —«, er zog seinen Freund einen Schritt vor, »— wir beide haben auf deine Mutter aufgepasst. Ich liebe sie, und es tut mir leid, dass ihr euren Vater verloren habt. Ich hoffe, ihr nehmt mich in eurem Heim auf. Ich bitte dich um deine Akzeptanz. Immerhin bist du jetzt der älteste Mann in eurer Familie, Bryan.«

»Aber wo werden wir leben?«, wollte Brice wissen.

»Wenn ihr alle einverstanden seid, können wir hier wohnen«, antwortete er und blickte über seine Schulter, als sich die Tür wieder öffnete und eine ältere Frau daraus hervortrat. Sie kam zu ihnen herüber, und schlang sich einen Schal dabei fest um die Schultern. Sie trug ihr graues Haar ordentlich geflochten und aufgesteckt. Gabriel küsste sie auf die Wange, dann stellte er sie vor. »Das ist meine Mutter, Hestra.«

Cara hätte nicht überraschter sein können. »Dieses Haus gehört dir, Gabriel?« Es war zwar nicht groß, aber solide aus Stein errichtet und mit einem Strohdach über einem Gebäude, das mindestens vier Zimmer haben musste. Es hatte sogar ein zweites Stockwerk, was selten war.

»So ist es und wegen seiner Lage glaube ich, dass wir hier in den Highlands vor den Engländern sicherer sind. Nur selten kommen sie so weit nach Norden. Ich habe eine kleine Burg in den Lowlands, aber diese Lage hier halte ich für besser. Was sagt ihr? Und Harold hier ist der beste Koch überhaupt, Jungs. Er macht die besten Fleischpasteten, die ihr je probiert habt. Es gibt ausreichend Betten für uns alle hier.«

Er nahm sie an die Hand und führte die Gruppe durch die Eingangstür. Cara trat in den Hauptraum, und drehte sich, um seine beeindruckende Größe, den einladenden Kamin im Hintergrund und all die besonderen Einzelheiten zu bewundern, die seine Mutter hinzugefügt hatte – Kissen, getrocknete Blumen, und warme Plaids, die über jedem Sessel hingen. »Das ist bezaubernd.«

Hestra blieb hinter ihr stehen. »Es freut mich, dass es dir gefällt, und ich muss sagen, dass ich deine Söhne liebgewonnen habe. Sie sind gute Jungs. Hoffentlich bleibt ihr hier.«

Brice lächelte und dann sprang er jubelnd auf und ab. »Hier, ich will hierbleiben.«

Bryan schaute von einem zum anderen und sagte: »Ich würde lieber hierbleiben, wo es sicher ist. Ich möchte die Engländer nicht wiedersehen.« Nachdenklich blickte er zu seiner Mutter auf, dann sah er wieder zu Gabriel. »Und ich bin froh, dass Ihr meine Mutter geheiratet habt, das heißt, wenn er nett zu dir ist, Mama.«

Cara war über seine Frage verblüfft und musste feststellen, dass ihr Ältester sich ihrer Situation in der Vergangenheit mehr bewusst gewesen war, als sie ihm zugetraut hatte. »Das ist er, Bryan. Gabriel ist ein grundgütiger und rücksichtsvoller Mann.«

Gabriel umschloss Bryans Schulter und meinte: »Wir werden deinen Vater nicht vergessen.« Dann ließ er den Jungen los und wandte sich zu Cara. »Ich muss nur noch von einer Person eine Antwort hören.« Er legte den Kopf schief und wartete.

Sie gab ihm einen kurzen Kuss auf die Lippen und sagte: »Es ist perfekt.«

EPILOG

GRAEME (GABRIEL) UND Catherine (Cara) standen auf dem Gipfel eines großen Hügels in den Highlands. Er hatte seine Arme um sie geschlungen, während sie das bunte Treiben vor sich beobachteten. Ihre Kinder und Enkelkinder saßen auf verschiedenen selbstgebauten Schlitten und sausten den Abhang hinunter, während ihr Lachen den Tag aufheiterte.

Tessa erschien neben ihnen, die in einen schweren wollenen Umhang gehüllt war. »Ich glaube, ich bin lieber am Strand«, meinte sie fröstelnd. »Ich habe nicht viele Schützlinge, die in die Kälte zurückkehren wollen.«

»Es tut uns leid«, entschuldigte Catherine sich, »aber wir vermissen es, unsere Familie zu beobachten. Ihr Lachen ist Balsam für unsere Seelen.«

Tessa seufzte, als ihr Blick auf den Jüngsten fiel, der wohl etwa zwei Jahre alt war und im tiefen Schnee aufzustehen versuchte, aber immer wieder auf den Boden fiel. »Ich verstehe. Ihr habt eine reizende Familie. Vier Jungen und drei Mädchen, und wie viele Enkelkinder?«

»Zwölf im Moment. Sind sie nicht bildschön?«

»Das sind sie«, pflichtete Tessa ihr bei. »Und ich finde es großartig, dass du deine Mutter und deine Schwester nicht weit von eurem Zuhause entfernt wiederentdeckt hast.«

Catherine warf ihr einen merkwürdigen Blick zu. »Hattest du etwas damit zu tun? Ich war traurig, als ich vom Tod meines Vaters erfuhr, aber ich habe es so genossen, in der Nähe meiner Schwester zu leben.«

Tessa blinzelte. »Vielleicht hatte ich ja auch etwas damit zu tun. Kommt bitte mit, um ein bisschen zu plaudern?«

Graeme sagte: »Natürlich.« Er küsste Catherine auf die Stirn und sagte: »Wir können anschließend wiederkommen.«

Tessa vollführte einen Wink mit der Hand und die Szene um sie herum veränderte sich. Plötzlich befanden sie sich in einem kleinen Häuschen mit Blick auf einen See und saßen auf einer Veranda, von der aus sie das Plätschern des Wassers am Ufer hören konnten. »Das ist mein kleines Stück Himmel. Ich liebe die Seen. Erzählt mir von euren Erfahrungen. Was war leicht? Was war schwierig?«

Graeme sah Catherine an und sagte: »Du zuerst.«

Sie dachte einen Moment nach und sagte dann: »Nicht zu wissen, wo meine Jungen waren, war eine der schlimmsten Formen von Folter. Ich konnte mich nicht entspannen, bis ich anfing, Vertrauen in Gabriel zu fassen.«

»Und was hat dich veranlasst, ihm zu vertrauen?«, wollte Tessa wissen.

»Ich weiß nicht, wann es genau war, aber ich fühlte mich seiner sehr sicher, als er mich aus der Gewalt des Barons befreite, der mich mit der Peitsche züchtigte.«

»Aber dein Vertrauen wurde auf die Probe gestellt, als die Jungen nicht im Herrenhaus auf dich warteten. Ich war in Sorge, dass wir dir zu viel zugemutet hatten«, gestand Tessa. »Ihr beide wurdet auf dieser Mission auf eine harte Probe gestellt. Was hat euch vom Aufgeben abgehalten? Das ist eine Frage, die wir uns immer über die menschliche Natur stellen.«

Catherine drehte sich zu Graeme und antwortete: »Er hat mich zurückgeholt. Der Klang seiner Stimme, die Wärme in seinem Wesen ... es hat mich geheilt. Den Stein zu reiben, den er mir gegeben hatte, beruhigte mich auf eine seltsame Weise. Als er zu mir kam, wusste ich, ihm für immer vertrauen zu können.«

»Dein schwierigster Teil, Graeme?«

»Du weißt, was ich sagen werde, da bin ich sicher, doch dem Baron gegenüberzutreten, war die schwierigste Herausforderung für mich.«

Tessa legte den Kopf schief. »Hat es dir Freude bereitet, den Mann zu töten?«

Er überlegte einen Moment und strich sich über die dunklen Bartstoppeln. »Nein, aber ich hielt es für gerecht. Bevor Catherine zu mir kam, hatte ich vor, ihn zu foltern, doch sie sagte etwas zu mir, das meinen Meinungswandel bewirkt hat.

Sie sagte mir, ich solle der stärkere Mann sein. Das blieb mir im Gedächtnis.«

»Hast du ihr genau gesagt, was passiert ist?«

»Nein, ich kannte nie die ganze Geschichte«, antwortete Cara und hielt seine Hand in ihrer. Sie sah ihm in die Augen und fügte hinzu: »Aber ich wusste es trotzdem. Ich wusste, dass du nie jemanden quälen könntest.«

Tessa nickte, als wäre sie zufrieden. »Dieser Mann hätte noch viel mehr Menschen getötet, wenn du ihn am Leben gelassen hättest, Graeme, also hast du sie gerettet, indem du dich selbst verteidigt hast. Es ist ein schwieriges Konzept, mit dem wir hier im Himmel immer noch hadern. Wann ist Töten die beste Entscheidung? Jeder Fall ist einzigartig.«

»Wir haben also beide unsere Prüfung bestanden?«, fragte Catherine und schenkte ihm ein Grinsen. »Setzen wir nun unser Streben nach unseren Engelsflügeln fort?«

Tessa stand vom Tisch auf und begab sich an einen Platz, von dem aus sie den ganzen See überblicken konnte. »Das habt ihr beide gut gemacht. Ihr werdet euer Streben mit einem weiteren Leben fortsetzen, aber zuerst werden wir euch einen Mond Zeit geben, den Himmel zu genießen. Ihr könnt reisen, wohin ihr wollt, aber bitte kommt mich wieder besuchen, wenn eure Zeit um ist, auch wenn ihr dann einen anderen Engel bekommt. Habt ihr schon einen Plan, was ihr tun möchtet?«

Sie sahen sich an und zuckten gleichzeitig mit

den Schultern. Graeme antwortete, »Solange wir zusammen sind, ist es mir egal, wohin wir reisen.«

»Eure nächste Probe wird eure letzte sein.«

»Weißt du, wohin wir reisen werden?

»Nein, noch nicht. Aber es wird ganz bestimmt die schwierigste Herausforderung, der ihr euch je stellen musstet.«

Ende

LIEBE LESERIN,
    Wie so oft, wenn ein Autor über eine bestimmte Zeit recherchiert, ist es ein kleines Detail, das uns so sehr beeindruckt, dass wir eine ganze Geschichte drum herum schreiben. So erging es mir, als ich über König Edward und das Massaker in Berwick las. Ein Teil von mir hasst es, schreckliche Details zu erwähnen, aber wenn sie wahr sind, finde ich sie erschütternd. Ich musste etwas über diese schwangere Frau sagen, die ihr Leben durch ein grausames Massaker verloren hat. Hepple ist zwar fiktiv, aber die Situation ist wahr.

Die Schlacht von Stirling Bridge fand im Jahr 1297 statt. Sie ist nicht zu verwechseln mit der Belagerung von Stirling Castle, die 1304 ohne denselben Erfolg stattfand.

Ich habe versucht, mich in Bezug auf die Schlacht von Stirling Bridge an die Geschichte zu halten, aber abgesehen von zwei kleinen Auftritten von William Wallace und Robert the Bruce sind meine Figuren alle von mir selbst erschaffen worden. Die Geschichte über die Engländer, die zu zweit über die Brücke kamen, um die Kapitulation der Schotten anzunehmen, und dann in einen Hinterhalt gerieten, ist wahr. Es war tatsächlich William Wallace, der etwas herstellte, das die Brücke zum Einsturz brachte, als die Engländer hinüberkamen.

Ich betrachte meine Erzählungen als historische, romantische Spannungsromane. Es ist nicht immer alles rosig, aber es wird immer ein Happy End geben.

Für alle, die nicht sicher sind: Wyot war Caras Schutzengel und Harold war Gabriels Schutzengel.

Bis zum nächsten Mal!

Wie immer würden wir uns über Rezensionen sehr freuen. Melden Sie sich für meinen Newsletter auf meiner Website *www.keiramontclair. net* an. Ich verschicke Newsletter mit jeder neuen Veröffentlichung.

Eine andere Möglichkeit, über meine Neuerscheinungen informiert zu werden, ist, mir auf BookBub zu folgen. Klicken Sie auf den Reiter oben rechts auf meiner Profilseite. Sie können auch eine Rezension auf BookBub schreiben.

Keira Montclair

www.keiramontclair.net
http://facebook.com/KeiraMontclair/
http://www.pinterest.com/KeiraMontclair/

HIGHLANDSCHWERTER
DER VERRAT DER SCHOTTIN
DIE SCHOTTISCHE SPIONIN
DIE JAGD DES SCHOTTEN
DIE PRÜFUNG DES SCHOTTEN
DIE TÄUSCHUNG DES SCHOTTEN
DER ENGEL DER SCHOTTEN

WEITERE BÜCHER
DIE VERBANNUNG DES HIGHLANDERS
FLUCHT IN DIE HIGHLANDS

TRILOGIE SHAWS UND MACROBS
Buch 1 Highland Fehde
Emma Prince

Buch 2 Highland Verführung
Cecelia Mecca

Buch 3 Highland Geheimnisse
Keira Montclair

ÜBER DIE AUTORIN

Keira Montclair ist das Pseudonym einer Autorin, die mit ihrem Ehemann in South Carolina lebt. Sie schreibt aufregende historische Romane, oft mit Kindern als Nebenfiguren.

Wenn sie nicht schreibt, verbringt sie gern Zeit mit ihren Enkelkindern. Sie hat als Highschool-Mathematiklehrerin, als Krankenschwester und als Büroleiterin gearbeitet. Sie liebt Ballett, Mathematik und Rätsel, lernt gern neue Dinge und hat Spaß am Erschaffen neuer Figuren, in die sich ihre Leser verlieben können.

Sie ist erst mit ihrem Werk zufrieden, wenn ihre Leser Tränen über ihre Geschichten vergießen, aber zum Schluss gibt es immer ein Happy End!

Ihre Bestseller-Reihe ist eine Familiensaga, die das Leben zweier mittelalterlicher schottischer Clans über drei Generationen hinweg verfolgt und mittlerweile über dreißig Bücher umfasst.

Kontaktieren Sie sie über ihre Website: *www. keiramontclair.net.*